In einer Erzählung mit dem Titel ›Die Nacht vor Weihnachten‹ könnte man Beschauliches erwarten; Erwachsene, die das Fest vorbereiten, und Kinder, die mit erwartungsvollen Augen dem Weihnachtstag entgegensehen. Nichts davon bei Gogol: Hier tritt der Teufel auf, kommt die Hexe angeflogen, und die Einwohner des kleinen ukrainischen Dorfes werden durch die seltsamsten Ereignisse verwirrt. Zuerst verschwindet der Mond, den der Teufel gestohlen hat, dann fällt das Fest beim Vorsänger aus, und in Solochas Haus kommt es zu einer merkwürdigen Versammlung von Dorfbewohnern, die ihr Anträge machen. Um das ganze Geschehen rankt sich die Geschichte der Liebe des Schmieds zu Oxana, die seinem Werben nicht nachgeben will, und als Beweis seiner Liebe von ihm fordert, daß er ihr die Schuhe der Zarin bringe. Mit Hilfe des Teufels gelingt ihm dieses zuerst aussichtslos scheinende Unterfangen. Als Hintergrund für die Handlung der Erzählung wählte Gogol seine heimatliche ukrainische Landschaft.

insel taschenbuch 584

Gogol

Die Nacht vor Weihnachten

Nikolai W. Gogol
Die Nacht vor Weihnachten

Mit Illustrationen
von Monika Wurmdobler

Insel Verlag

Aus dem Russischen
von Ruth Fritze-Hanschmann

insel taschenbuch 584
Erste Auflage 1981
Deutsche Übersetzung:
Lizenzausgabe mit freundlicher Genehmigung
der Dieterich'schen Verlagsbuchhandlung,
Leipzig, Deutsche Demokratische Republik
Vertrieb durch den Suhrkamp Taschenbuch Verlag
Umschlag nach Entwürfen von Willy Fleckhaus
Satz: Fotosatz Otto Gutfreund, Darmstadt
Druck: Nomos Verlagsgesellschaft, Baden-Baden
Printed in Germany

2 3 4 5 6 7 – 89 88 87 86 85 84

Die Nacht vor Weihnachten

Der letzte Tag vor Weihnachten war seinem Ende zugegangen. Klar brach die Winternacht herein. Die Sterne traten hervor. Der Mond stieg majestätisch am Himmelsgewölbe empor, um aller Welt und allen braven Menschen zu leuchten, damit sie frohgelaunt von Haus zu Haus ziehen und singen und Christus preisen und dafür Gaben sammeln konnten. Es war kälter als am Tage und so still, daß man das Knirschen des Schnees unter den Stiefeln wohl eine halbe Werst weit hörte. Noch zeigte sich kein Häuflein Burschen vor den Hüttenfenstern. Der Mond allein lugte verstohlen durch die Scheiben, als wollte er die Mädchen, die sich drinnen schmückten, zur Eile auffordern, daß sie in den knirschenden Schnee hinauskämen. Da stiegen aus dem Schornstein einer Hütte dicke Schwaden Rauch empor und verteilten sich als Wolken über den Himmel, und mit dem Rauch zugleich schoß auf ihrem Besen eine Hexe in die Luft.

Wäre in diesem Augenblick der Herr Assessor vom Sorotschinsker Kreisgericht in seiner Troika mit den drei Gutspferden vorübergefahren, auf dem Kopf die hammelfellverbrämte Mütze nach Ulanenart, in seinem schwarzen, blaubezogenen

Schafspelz, mit der verteufelt straff geflochtenen Peitsche, mit der er gern den Kutscher zur Eile antrieb, dann hätte dieser Herr die Hexe ganz bestimmt bemerkt, denn dem Assessor aus Sorotschinsk entgeht keine Hexe der Welt. Er rechnet ja jeder Bäuerin nach, wie viele Ferkel ihre Sau wirft und wieviel Leinwand in ihrer Truhe liegt, und jedem braven Mann, was er an Kleidern und aus der Wirtschaft des Sonntags in der Schenke verpfändet. Aber der Assessor des Sorotschinsker Kreisgerichts fuhr nicht vorbei, und was sollte er sich auch um fremde Amtsbezirke kümmern, hatte er doch in seinem eigenen mehr als genug zu tun. Die Hexe aber war indessen so weit in die Höhe gestiegen, daß sie nur noch als schwarzes Pünktchen von unten zu erkennen war. Wo aber dieses Pünktchen hinkam, dort verschwand Stern um Stern vom Himmelszelt. Bald hatte die Hexe die Hände voll davon. Nur noch drei oder vier blinkten am Himmel. Plötzlich tauchte am andern Ende des Himmels ein zweites Pünktchen auf. Es wurde größer, streckte sich in die Länge und war schon kein Pünktchen mehr. Ein Kurzsichtiger hätte statt seiner Brille die Räder von der Britschka des Kommissars auf die Nase setzen können – er hätte doch nicht erkannt, was das für ein Wesen war. Von vorn sah es einem Deutschen täuschend ähnlich*. Seine spitze Schnauze, die bald hier-, bald dahin fuhr und an allem schnüffelte, was ihr in den Weg kam, lief wie bei unseren Schweinen in eine Scheibe, rund wie ein Fünfkopekenstück, aus. Seine Beine waren so dünn, daß der Bürgermeister von Jareskow, hätte er solche Beine gehabt, sie bestimmt beim ersten Kosakentanz gebrochen hätte. Von hinten aber glich das Wesen einem leibhaftigen Gouvernementsfiskal in einer neumodischen Uniform, denn sein Schwanz war so lang und spitz, wie die Schöße von Uniformen sind. Nur an dem Bocksbart unter der Schnauze, an den kurzen Hörnern, die auf seiner Stirne ragten, und daran, daß es über und über schwarz wie ein Schornsteinfeger war, nur daran erkannte man, daß das Wesen weder ein Deutscher noch ein Gouvernementsfiskal war, sondern kein anderer als der Teufel, dem nur die eine Nacht noch blieb, um sich herumzutreiben auf der schönen Welt und brave Menschen zur

* Deutsche heißen bei uns alle, die aus fremden Ländern stammen, seien sie Franzosen oder Slowaken oder Schweden – alle sind Deutsche.

Sünde zu verführen. Am nächsten Morgen, sowie die ersten Glocken zum Gottesdienst rufen, wird er sich Hals über Kopf mit eingezogenem Schwanz in seine Lasterhöhle flüchten.

Indessen hatte sich der Teufel sachte, sachte an den Mond herangeschlichen und streckte schon die Hand aus, um ihn zu ergreifen. Doch plötzlich riß er sie zurück, denn er hatte sich tüchtig verbrannt. Er pustete auf die Finger und zappelte mit einem Bein und lief doch um den Mond herum auf dessen andere Seite. Aber auch hier zog er die Hand rasch wieder weg und sprang geschwind zurück. Ungeachtet aller Mißerfolge ließ aber der hinterlistige Teufel nicht von seinen Streichen. Er sprang wieder auf den Mond zu und packte ihn mit beiden Händen. Er krümmte sich vor Schmerz und blies auf seine Finger und warf den Mond behend von Hand zu Hand, wie es der Bauer tut, der sich mit bloßen Händen für seine Pfeife Feuer aus dem Ofen holt. Schließlich steckte er den Mond rasch in die Tasche und eilte weiter, als könne er kein Wässerlein trüben.

In Dikanka merkte keiner, wie der Teufel den Mond stahl. Nur der Bezirksschreiber, der auf allen vieren aus der Schenke kam, sah, wie der Mond plötzlich – der Kuckuck weiß, wie das zuging – am Himmel hin- und hertanzte, und er suchte unter tausend Schwüren das ganze Dorf von dem zu überzeugen, was er gesehen hatte. Die Bauern aber schüttelten den Kopf und lachten ihn sogar aus.

Doch was hatte eigentlich den Teufel zu solch ungesetzlichem Tun veranlaßt? Ja, das war so: Er wußte, daß der reiche Kosak Tschub vom Vorsänger zum Weihnachtsmahl eingeladen worden war. Auch der Bürgermeister sollte kommen, ferner ein Verwandter des Vorsängers, der im blauen Gehrock zu Besuch bei ihm weilte und sonst zum Kirchenchor des Bischofs gehörte, wo er den allertiefsten Baß sang, weiter der Kosak Swerbygus und noch dieser und jener. Es sollte Beerenbranntwein, aus Safran destillierten Schnaps und noch mancherlei Gutes geben. Und wenn nun Tschub fortging, blieb seine Tochter allein, die als die erste Schönheit im ganzen Dorfe galt, und wahrscheinlich würde dann der Schmied zu ihr kommen, ein junger Bursche und ein handfester Kerl dazu, der dem Teufel noch ärger verhaßt war als die Predigten Vater Konrads. In seinen Mußestunden gab sich der Schmied mit

Malerei ab. Er galt in weitem Umkreis als der beste Maler. Selbst der Rittmeister L., der sich damals noch bester Gesundheit erfreute, rief ihn eigens nach Poltawa, damit er den Bretterzaun um sein Haus streiche. Alle Schüsseln, aus denen die Kosaken von Dikanka ihre Beetensuppe schlürften, hatte dieser Schmied bemalt. Der Schmied war ein gottesfürchtiger Mann und malte auch oft Heiligenbilder. Noch heute findet man in der Kirche von T. seinen Evangelisten Luka. Der Gipfel seiner Kunst aber war jenes Bild, das sich im Vorraum der Kirche an der Wand rechter Hand findet. Darauf hat er den heiligen Petrus mit den Schlüsseln in der Hand gemalt, wie er am Tag des Jüngsten Gerichts den Bösen aus der Hölle scheucht. Der erschrockene Teufel rennt und dreht und windet sich, fühlt er doch das Verderben nahen, und die Sünder, die er in der Hölle eingeschlossen hielt, schlagen ihn und treiben ihn mit Knuten, mit Himbeerruten und mit allem, was ihnen in die Hände geriet. Zu der Zeit, als der Maler sich mit diesem Bilde mühte und es auf die große Holztafel malte, da versuchte der Teufel, ihn, wo er nur konnte, in seiner Arbeit zu stören. Er schubste ihn unversehens am Arm, oder er blies in der Schmiedeesse die Asche auf und bestäubte das Bild damit. Aber ungeachtet all dessen ward das Bild vollendet, die Tafel wurde in die Kirche getragen und im Vorraum aufgehängt, und seit jener Zeit hat der Teufel dem Schmied grimmige Rache geschworen.

Nur diese eine Nacht blieb also dem Teufel, um sich auf der schönen Welt zu tummeln. Aber in dieser Nacht wollte er unbedingt seine Rache an dem Schmied vollziehen und seine Bosheit an ihm auslassen. Und deshalb hatte er den Mond gestohlen; er hoffte, der alte Tschub wäre dann zu faul und zu bequem, sich zu der Hütte des Vorsängers in Bewegung zu setzen, denn der Weg zu dieser Hütte war weit. Er führte aus dem Dorf hinaus, an der Mühle vorbei, am Friedhof vorbei und dicht am Abgrund hin. In einer Mondnacht hätten der Beerenbranntwein und der Safranschnaps den Tschub verlocken können. Aber bei solcher Finsternis gelang es wohl niemandem, ihm vom Ofen wegzubringen und aus der Hütte zu locken.

Der Schmied jedoch, der sich von jeher mit Tschub nicht gut vertrug, hätte es unter keinen Umständen gewagt, seine Tochter zu besuchen, wenn der Vater zu Hause war, ungeachtet seiner Stärke.

So wurde es also, kaum, daß der Teufel den Mond in seine Tasche gesteckt, auf der ganzen Erde so dunkel, daß mancher nicht einmal den Weg zur Schenke gefunden hätte, geschweige denn zum Vorsänger. Die Hexe schrie erschrocken auf, als sie sich plötzlich im Finstern sah. Da machte sich der Teufel galant an sie heran, schob seinen Arm unter den ihren und flüsterte ihr Dinge ins Ohr, wie sie ein jeder Mann von alters her den Frauen in die Ohren bläst. Seltsam eingerichtet ist's auf der

Welt! Alles, was da lebt, strengt sich an, den andern nachzuäffen und es ihm gleichzutun. Früher zeigten sich zum Beispiel in Mirgorod zur Winterszeit allein die Richter und der Polizeimeister in stoffbezogenen Schafpelzen, während alle kleineren Beamten nackte Schafpelze trugen. Heutzutage leistet sich nicht nur der Assessor, nein, sogar der niedrigste Beschließer einen Pelz aus Lammfell und mit Tuch überzogen. Der Kanzlist und der Bezirksschreiber haben sich schon vor zwei Jahren blauen Nanking angeschafft, den Arschin für sechs Groschen. Der Kirchendiener hat sich für den Sommer Nankinghosen und obendrein eine Weste aus gestreiftem Wollstoff machen lassen. Kurzum, keiner will dem anderen nachstehen. Wann werden wohl die Menschen das eitle Wesen von sich tun! Ich wette, mancher hätte sich gewundert, den Teufel auf demselben Weg zu sehen. Besonders

anstößig war dabei, daß er sich zwar einbildete, eine Schönheit zu sein, daß es einem aber grauste, wenn man ihn ansah. Ein Scheusal von 'nem Scheusal war er, und doch schnitt auch er einem Weibsbild die Cour! Aber am Himmel und unter dem Himmel war es so finster, daß keiner sah, was weiterhin zwischen den beiden geschah.

»So warst du noch gar nicht beim Vorsänger in der neuen Hütte, Gevatter?« fragte der Kosak Tschub, indes er aus seiner Tür trat, einen langen, hageren Bauern in kurzem Pelz und mit einem Bart, der so lang geschossen war, daß bestimmt schon über zwei Wochen kein Sensenbruchstück an ihn gerührt hatte. Die Bauern pflegten sich nämlich den Bart mit Sensenbruchstücken zu scheren, weil sie kein Rasiermesser haben. »Das wird eine Sauferei geben!« fuhr Tschub fort, indes er den Mund zu einem Lächeln verzog. »Wir wollen uns nur nicht verspäten.«

Damit rückte Tschub seinen Gürtel zurecht, der seinen Pelz eng umspannte, drückte die Mütze tief ins Gesicht, nahm die Peitsche fest in die Hand – Furcht und Schrecken der zudringlichen Hunde –, sah noch mal zum Himmel auf – und blieb verwundert stehen.

»Was zum Teufel ist das? Sieh, sieh doch, Panas!«

»Was?« fragte der Gevatter und hob seinen Blick gleichfalls gen Himmel.

»Was soll das heißen? Der Mond ist weg!«

»Das ist eine Geschichte! Der Mond ist tatsächlich weg!«

»Ja, freilich, er ist weg!« wiederholte Tschub, ärgerlich über den unverbrüchlichen Gleichmut seines Gevatters. »Das stört dich anscheinend gar nicht?«

»Ja, was soll man denn machen?«

»Da muß doch der Teufel seine Hand im Spiel haben«, meinte Tschub und strich sich den Schnauzbart. »Kein Gläschen Schnaps soll er des Morgens mehr trinken können, der Hund! Es ist wie uns zum Schur! Ich habe eigens, als ich noch in der Stube saß, zum Fenster 'rausgesehen: die Nacht war wunderbar. Ein Mondschein, daß der Schnee nur so glitzerte, und hell war es, daß man alles sah, deutlich wie am Tag. Und kaum bin ich die paar Schritte bis zur Tür gegangen, da ist nichts mehr zu sehen, als seien einem die Augen ausgestochen.«

Tschub brummte und schimpfte noch lange vor sich hin und überlegte dabei, was nun zu tun sei. Er hätte für sein Leben gern bei dem Vorsänger geschwatzt und getratscht. Sicher war der Bürgermeister schon da und der Baß und der Teerbrenner Nikita, der alle zwei Wochen zum Verkauf seiner Ware nach Poltawa fuhr und solche Späße vom Stapel ließ, daß sich die Bauern die Bäuche hielten vor Lachen. Schon sah Tschub im Geiste den Beerenbranntwein auf dem Tisch stehn. All das war natürlich sehr verlockend. Aber die Finsternis erweckte den Gedanken an die Bequemlichkeit in seiner Stube, die allen Kosaken so teuer ist. Wie schön wäre es, jetzt auf der Ofenbank zu liegen, die Beine untergezogen, in aller Ruhe eine Pfeife zu rauschen und, von der Schläfrigkeit förmlich berauscht, den Liedern der lustigen Burschen und Mädchen zu lauschen, die sich zuhauf vor den Fenstern drängten! Zweifellos hätte er sich für die Ofenbank entschieden, wenn er allein gewesen wäre, aber da sie zu zweit durch die finstere Nacht wandern wollten, war es ja nicht gar zu langweilig und gruselig. Außerdem wollte er vor den andern nicht als faul und feig erscheinen. So stellte er schließlich sein Schelten ein und wandte sich wieder zu dem Gevatter: »Der Mond ist also weg, Gevatter?«

»Ja, der ist weg.«

»Merkwürdig ist das, wahrhaftig! Doch laß mich mal von deinem Tabak schnupfen! Ein prächtiger Tabak, Gevatter! Wo kaufst du den?«

»Ach, hat sich was mit prächtig!« erwiderte der Gevatter und schloß seine Tabaksdose aus Birkenrinde wieder, in die ein Muster eingeritzt war. »Da niest keine alte Henne drauf!«

»Ich erinnere mich«, bemerkte Tschub im gleichen Ton wie vorhin, »der verstorbene Schenkwirt Susulja hat mir mal Tabak aus Neshin mitgebracht. Ach, das war ein Tabak! Das war ein guter Tabak! Ja aber, Gevatter, was tun wir nun? Es ist recht finster hier draußen.«

»So bleiben wir eben zu Hause«, meinte der Gevatter und griff schon nach der Klinke.

Hätte der Gevatter das nicht gesagt, dann wäre Tschub bestimmt daheim geblieben. Nun aber reizte es ihn, erst recht, dem Gevatter zum Trotz, zu gehen.

»Nein, Gevatter, komm nur mit! Das gibt es nicht! Wir müssen gehen!«

Kaum hatte er diese Worte gesprochen, ärgerte er sich über sich selbst. Er hatte gar keine Lust, sich in einer solchen Nacht draußen herumzutreiben. Ein Trost war ihm nur, daß er selber es so wollte und daß er wenigstens nicht tat, was andere ihm rieten.

Die Miene des Gevatters zeigte keine Spur von Ärger. Ihm war es völlig gleichgültig, ob er zu Hause saß oder draußen herumlief. Er kratzte sich mit einem Auswuchs seines Stocks auf der Schulter, und dann machten sich die beiden Gevattern gemeinsam auf den Weg.

Nun wollen wir einmal sehen, was die Tochter Tschubs treibt, die also allein geblieben ist. Oxana war noch keine siebzehn Jahre alt, als man schon fast in aller Welt, auf unserm Ufer der Dikanka wie auf dem andern Ufer der Dikanka, von nichts anderem mehr sprach als nur von ihr. Die Burschen erklärten einhellig, es habe im ganzen Dorf nie ein schöneres Mädchen gegeben und werde es auch nie wieder geben. Oxana hörte und wußte alles, was man über sie sprach, und sie war eingebildet und launisch wie jedes schöne Mädchen. Und wäre sie nicht in grober Leinwand und in der Schürze einhergegangen, sondern in einem feschen Mantel, so hätte sie alle andern Mädchen völlig in den Schatten gestellt. Die Burschen liefen ihr in Scharen nach. Allmählich aber verloren sie die Geduld, ließen einer nach dem andern von Oxana ab und wandten sich Mädchen zu, die nicht so anspruchsvoll waren. Nur der Schmied blieb hartnäckig und hielt an seiner Werbung fest, ungeachtet dessen, daß er um nichts besser behandelt wurde als die andern Burschen.

Als ihr Vater gegangen war, verbrachte die Schöne lange Zeit damit, sich zu putzen und vor dem kleinen Spiegel im Zinnrahmen zu affen. Sie konnte sich nicht satt sehen an sich selber. «Was den Leuten nur einfällt, daß sie rühmen, ich sei so schön?« sprach sie gleichsam zerstreut, als wolle sie nur mit sich selber etwas plaudern. »Die Leute lügen ja; ich bin ja gar nicht so schön.« Aber das Gesicht, das sie aus dem Spiegel ansah und das in jugendlicher Frische strahlte, mit den blitzenden schwarzen Augen und dem unbeschreiblich lieblichen Lächeln, das sich ins Herz einbrannte, bewies das Gegenteil. »Sind denn meine schwarzen Brauen und meine Augen wirklich so schön?«, fuhr das Mädchen fort, ohne den Spiegel aus den Augen zu lassen, »daß sie nicht ihresgleichen auf der Erde haben? Was soll denn schön sein an dieser Stumpfnase? Und an den Wangen? Und den Lippen? Sind etwa die schwarzen Zöpfe hübsch? Ei, vor ihnen kann man sich des Abends erschrecken! Wie lange Schlangen winden sie sich um meinen Kopf. Nein, ich bin ganz und gar nicht schön!« Sie hielt den Spiegel weiter von sich ab und rief dann wieder: »Und doch bin ich schön! Ach, wie schön! Wunderschön bin ich! Was wird der Bursche für eine Freude haben, der mich zur Frau bekommt! Wie wird mein Mann sich an mir ergötzen! Er wird vor Freude außer sich sein. Er wird mich zu Tode küssen!«

»Wunderbares Mädchen!« flüsterte der Schmied, der leise eingetreten war. »Aber eitel ist sie nicht wenig! Stundenlang steht sie und schaut in den Spiegel und kann sich nicht satt sehen und bewundert sich laut!«

»Ja, ja, ihr Burschen, ist mir wohl einer ebenbürtig von euch?« fuhr die Schöne selbstgefällig fort.

»Seht mir nur nach, wenn ich so leichten Gangs einherschreite. Meine Hemden sind mit roter Seide bestickt. Und was für Bänder schmücken meinen Kopf! In alle Ewigkeit werdet ihr keine kostbarere Goldborte sehen! All das hat mir mein Vater gekauft, damit der beste Bursche der Welt mich zur Frau nimmt.« Und sie lachte und drehte sich um und – erblickte den Schmied. Da schrie sie auf und stellte sich mit finsterem Antlitz vor ihn.

Der Schmied ließ die Hände sinken.

Es ist schwer zu sagen, was aus dem düsteren Antlitz des schönen Mädchens sprach. Zorn war darauf zu lesen, aber auch Spott über den verlegenen Schmied, und der Ärger goß ein kaum merkliches Rot über ihr Gesicht. Dies alles mischte sich zu solch unbeschreiblicher Schönheit, daß das Gescheiteste, was man mit ihr beginnen konnte, wohl gewesen wäre, sie vielmillionenmal zu küssen.

»Was willst du hier?« fragte Oxana den Schmied. »Willst du, daß ich dich mit der Schaufel vor die Türe jage? Ihr versteht es meisterlich, euch bei uns einzuschleichen. Ihr wittert es sofort, wenn unsre Väter nicht zu Hause sind. Oh, ich kenne euch! Ist denn meine Truhe fertig?«

»Bald, mein Herzchen, kriegst du sie, gleich nach den Feiertagen. Wenn du wüßtest, was für Mühe ich mir damit gemacht habe. Zwei Nächte bin ich nicht aus meiner Schmiede gekommen. Dafür ist sie so schön, daß keine Popenfrau eine schönere hat. Ich habe Eisen für die Beschläge genommen, wie ich es nicht einmal für den Wagen des Rittmeisters nahm, als ich noch in Poltawa gearbeitet habe. Und wie erst die Bemalung wird! Die Gegend weit und breit kannst du auf deinen weißen Füßchen ablaufen, eine solche Truhe findest du nicht! Rote und blaue Blumen werde ich über die ganze Truhe verstreuen. Sie werden brennen wie Feuer. Zürne mir nicht! Erlaube mir nur, zu dir zu sprechen, dich anzusehen!«

»Wer verbietet dir das? Sprich und sieh mich an!« Damit setzte sich Oxana auf die Bank und blickte wieder in den Spiegel und ordnete ihre Zöpfe. Sie betrachtete ihren Hals, ihr neues Hemd, das mit Seide bestickt war, und Selbstzufriedenheit stand auf ihren Lippen, auf ihren frischen Wangen und in ihren Augen.

»Erlaube, daß ich mich neben dich setze!« bat der Schmied.

»Setz dich«, sagte Oxana, noch immer selbstzufrieden ihr Spiegelbild betrachtend.

»Wundervolle Oxana! Ich kann mich nicht satt an dir sehen! Erlaube doch, daß ich dich küsse!« stieß da der Schmied ermutigt hervor und zog sie an sich und wollte sie umarmen und küssen. Oxana aber bog den Kopf zur Seite, dem die Lippen des Schmieds schon recht nahe waren, und stieß ihn zurück.

»Was denn noch? Wenn man dir den Honig zeigt, willst du auch den Löffel! Geh weg, deine Hände sind härter als Eisen! Und du riechst nach Rauch. Ich fürchte, du hast mich mit Ruß beschmiert.«

Sie langte wieder nach dem Spiegel und putzte sich zurecht.

Sie liebt mich nicht, dachte der Schmied und ließ den Kopf hängen. Für sie ist alles nur Spiel. Und ich stehe vor ihr wie ein Narr und kann den Blick nicht von ihr wenden. Mein Leben lang möchte ich vor ihr stehen und kein Auge von ihr wenden. Wunderbares Mädchen! Was gäbe ich darum, wenn ich wüßte, was sie im Herzen trägt und wen sie liebt! Aber nein, sie hat nach keinem Verlangen; sie liebt nur sich selber. Mich armen Teufel quält sie bloß. Und ich sehe vor Kummer nichts von der Welt. Ich liebe sie so sehr, wie noch kein Mensch auf Erden geliebt hat und wie nie wieder einer lieben wird.

»Ist es wahr, daß deine Mutter eine Hexe ist?« fragte Oxana ihn da und lachte. Und der Schmied fühlte, wie ihr Lachen in seinem Herzen, in allen

Fibern seines Leibes feinen Widerhall fand, und dabei fraß der Ärger an ihm, daß es nicht in seiner Macht stand, dieses so lieblich lachende Antlitz zu küssen.

»Was kümmert mich die Mutter? Du bist mir Mutter und Vater und alles, mein Teuerstes auf der Welt. Wenn mich der Zar zu sich riefe und sagte: ›Schmied Wakula, erbitte dir, was dir das Liebste ist in meinem Zarenreich, ich gebe es dir. Ich lasse dir eine goldene Schmiede machen, und du sollst darin schmieden mit silbernen Hämmern.‹ Dann würde ich dem Zaren antworten: ›Ich will keine kostbaren Steine und keine goldene Schmiede und nicht dein ganzes Zarenreich. Gib mir lieber Oxana!‹«

»Da sieht man, was für einer du bist! Doch mein Vater hat es auch hinter den Ohren! Du wirst schon sehen, wenn er um deine Mutter freit!« sagte Oxana und lächelte verschmitzt. »Aber die Mädchen kommen gar nicht. Was soll denn das bedeuten? Es ist schon lange Zeit für das Weihnachtssingen. Mir wird es langweilig.«

»Der Kuckuck soll sie holen, meine Schöne.«

»Warum nicht gar! Die Burschen kommen sicher mit. Das wird einen Spaß geben! Ich muß schon lachen, wenn ich an ihre lustigen Geschichten nur denke.«

»So bist du gern mit ihnen zusammen?«

»Bestimmt lieber als mit dir! Ah, es klopft. Das sind sicher die Mädchen und Burschen.«

Was soll ich länger warten? fragte sich der Schmied. Sie spottet meiner nur. Ich bin ihr nicht mehr wert als ein verrostetes Hufeisen. Doch wenn es schon so ist, so brauchen wenigstens die andern sich nicht über mich lustig zu machen. Und merke ich, daß ihr einer besser gefällt als ich, den stelle ich...

Erneutes Klopfen an der Tür und eine von der Kälte scharfe Stimme, die da schrie: »Öffne!«, unterbrachen seine Betrachtungen.

»Laß nur, ich mache auf«, sagte der Schmied und trat auf den Flur, in seinem Ärger fest entschlossen, den ersten Menschen, der ihm in den Weg kam, tüchtig durchzuprügeln.

Der Frost hatte sich verstärkt, und in den Lüften war es so kalt, daß der Teufel von einem Bockshuf auf den andern sprang und in die frosterstarrten Hände blies, um sie zu erwärmen. Der friert natürlich leicht, der sich von früh bis abends in der Hölle aufhält, wo es bekanntlich nicht so kalt ist wie bei uns im Winter und wo der Teufel noch dazu wie ein echter Küchenmeister, die Mütze auf dem Kopf, am Herd steht und die Sünder mit solchem Vergnügen brät wie eine Bauersfrau zu Weihnachten die Würste.

Auch die Hexe spürte, daß es kalt war, obwohl sie sich warm angezogen hatte. Daher reckte sie die Arme nach oben, setzte einen Fuß zurück, nahm eine Haltung an wie ein Schlittschuhläufer und sauste, ohne ein Gelenk zu rühren, durch die Luft herab wie über einen vereisten Berghang und geradewegs in ihren Schornstein.

Der Teufel folgte ihr auf dieselbe Weise. Doch da dieses Biest gewandter ist als alle bestrumpften Stutzer, so ist es nicht zu verwundern, daß er bei der Einfahrt in den Schornstein am Halse seiner Liebsten landete, und beide fanden sich in dem geräumigen Ofen zwischen den Töpfen wieder.

Die reiselustige Hexe öffnete sacht die Ofentür, um zu sehen, ob ihr Sohn Wakula etwa Gäste ins Haus geladen hatte. Als sie sah, daß niemand da war außer ein paar Säcken, die mitten in der Stube lagen, kroch sie aus dem Ofen, warf den warmen Pelz ab, zupfte sich zurecht, und niemand hätte jetzt bemerkt, daß sie noch vor einer Minute auf dem Besen geritten war.

Die Mutter des Schmiedes Wakula war erst vierzig Jahre alt. Sie war weder schön noch häßlich. Es ist ja auch nicht leicht, in diesem Alter noch schön zu sein. Und doch verstand sie es, die ehrbaren Kosaken so geschickt zu betören – denen es allerdings, warum soll man's verschweigen, auf Schönheit wenig ankam –, daß sowohl der Bürgermeister sie gar oft besuchte als auch der Vorsänger Ossip Nikiforowitsch – selbstverständlich nur, wenn die Frau Vorsängerin nicht zu Hause war –, als auch der Kosak Korni Tschub und der Kosak Kassjan Swerbygus. Zu ihrer Ehre sei gesagt, daß sie es ausgezeichnet verstand, mit ihnen allen umzuspringen.

Nicht einem wäre es eingefallen, er könne einen Nebenbuhler haben. Ging einer der gottesfürchtigen Bauern oder Edelleute, wie sich die Kosaken gern nennen, in seinem Kapuzenmantel des Sonntags in die Kirche oder, wenn schlechtes Wetter war, lieber in die Schenke, warum sollte er dann nicht bei Solocha vorsprechen, bei ihr fette Piroggen in saurer Sahne essen und in der warmen Stube mit der redseligen und gefälligen Wirtin einen kleinen Schwatz abhalten? Und der Edelmann machte eigens einen großen Umweg auf dem Weg zur Schenke und nannte das »einen Abstecher machen«. Kam aber je Solocha an einem Feiertag in die Kirche mit ihrem grellbunten, um die Hüften geschlungenen Wolltuch und der Nankingschürze und darüber die blaue Jacke, auf die hinten goldene Ranken gestickt waren, und sie stellte sich vor dem rechten Chor auf, so hüstelte der Vorsänger be-

stimmt und ließ seine Augen immer wieder nach dieser Seite wandern. Der Bürgermeister strich sich den Schnauzbart, wickelte den Haarschopf ums Ohr und flüsterte seinem Nachbarn zu: »Ei, das ist ein prächtiges Weib! Ein Teufelsweib ist das!«

Solocha verneigte sich vor jedem, und jeder dachte, sie grüße nur ihn. Wer sich aber gern um fremde Angelegenheiten kümmert, der hätte gleich bemerkt, daß Solocha zu Tschub am freundlichsten war. Tschub war nämlich Witwer. Acht Getreideschober standen vor seiner Hütte. Zwei Paar kräftige Ochsen streckten ihre Köpfe durch die geflochtene Stallwand auf die Straße und brüllten, wenn sie ihre Gevatterin Kuh oder ihren Onkel, den dikken Bullen, vorübergehen sahen. Der bärtige Ziegenbock kletterte gar aufs Dach und meckerte von dort mit seiner scharfen Stimme wie ein Polizist und reizte die im Hof stolz einherspazierenden Puter. Wenn er jedoch einer seiner Feinde erblickte, einen der Jungen, die ihn ob seines Bartes verspotten, dann wandte er sich ab. In den Truhen Tschubs lag eine Menge Leinwand, gar viele Pelze und alte kostbare Kleider, mit goldenen Borten besetzt; seine verstorbene Frau war putzsüchtig gewesen. In seinem Garten wurden außer Mohn und Kohl und Sonnenblumen jedes Jahr zwei Schläge Tabak gesät. Alles dies verachtete Solocha durchaus nicht, sondern hätte es gern mit ihrer eigenen Wirtschaft vereint. Sie dachte sich im voraus aus, was das alles für eine Ordnung annehmen würde, wenn es in ihre Hände käme, und sie verdoppelte ihre Liebenswürdigkeit gegenüber dem alten Tschub. Und damit ihr Sohn Wakula sich nicht an Tschubs Tochter heranmachte und alles an sich brachte und sie dann möglicherweise in nichts hineinreden ließ, nahm sie ihre Zuflucht zu dem Mittel, das alle vierzigjährigen Weiber gar zu gern anwenden; sie stiftete so oft wie möglich Streit zwischen Tschub und dem Schmied. Vielleicht war diese Hinterlist und Findigkeit die Ursache, daß die alten Weiber, besonders wenn sie in lustiger Gesellschaft ein Gläschen über den Durst getrunken hatten, das Gerücht aufbrachten, Solocha wäre eine Hexe. Der junge Kisjakolupenko habe bei ihr hinten ein Schwänzchen gesehen, nicht größer als eine Spindel. Und erst vorvorige Woche am Donnerstag sei sie als schwarze Katze einer Frau über den Weg gelaufen. Und einmal sei sie, in ein Schwein verwandelt, zur Popenfrau hineingerannt, habe wie ein Hahn gekräht, die Mütze des Vater Konrad auf den Kopf gesetzt und sei dann wieder fortgelaufen.

Als sich die alten Leute einmal solches erzählten, kam der Kuhhirt Tymisch Korostjawy dazu. Er verfehlte nicht, den Weibern zu berichten, daß im Sommer, kurz vor Petrifasten, als er sich zum Schlafen in den Stall gestreckt, den Kopf mit einem Bund Stroh gepolstert, daß er da mit eigenen Augen habe zusehen müssen, wie die Hexe im bloßen Hemd und mit aufgelöstem Zopf seine Kühe gemolken habe. Und er konnte sich nicht rühren, lag wie festgeschmiedet da. Als sie die Kühe gemolken, trat sie zu ihm heran und schmierte ihm den Mund mit etwas Ekelhaften ein, so daß er den ganzen Tag über ausspucken mußte. Alle diese Gerüchte erschienen aber zweifelhaft, weil doch allein der Herr Assessor vom Sorotschinsker Kreisgericht die Hexen sehen kann. Und deshalb winkten alle namhaften Kosaken ab, wenn sie solches erzählen hörten. »Albernes Geschwätz von dem hundsföttischen Weibsvolk!« war gewöhnlich ihre Antwort.

Als Solocha aus dem Ofen hervorgekrochen war und sich zurechtgemacht hatte, räumte sie als gute Hausfrau auf und stellte alles an den rechten Platz. Nur die Säcke rührte sie nicht an. »Die hat Wakula 'reingebracht, er mag sie auch wieder 'raustragen!« Der Teufel aber hatte sich, bevor er in den Schornstein fuhr, zufällig umgesehen und hatte Tschub Arm in Arm mit dem Gevatter erblickt, schon weit von seiner Hütte entfernt. Sofort schoß der Teufel wieder aus dem Ofen, überholte die beiden ein Stück und wühlte rechts und links in den Haufen hartgefrorenen Schnees. Da erhob sich ein Schneegestöber, daß man nur noch Weißes durch die Luft wirbeln sah. Wie ein Netz schwang der Schnee vor und hinter den Wanderern und drohte ihnen Augen, Mund und Ohren zu verstopfen. Der Teufel aber sauste wieder in den Schornstein mit der festen Überzeugung, daß Tschub mit dem Gevatter umkehren, den Schmied in seiner Hütte vorfinden und ihn so abspeisen würde, daß der Schmied lange unfähig wäre, einen Pinsel anzufassen und beleidigende Zerrbilder zu malen.

In der Tat, kaum hatte sich der Schneesturm erhoben und schnitt ihnen in die Augen, da äußerte Tschub schon Reue. Er zog die Mütze tiefer in die Stirn und bedachte sich selber, den Teufel und auch den Gevatter ausgiebig mit Schimpfworten. Übrigens war dieser Zorn nur Verstellung, Tschub war sehr froh über den Schneesturm. Bis zu dem Vorsänger war es noch achtmal so weit, als sie schon gegangen waren. Die Wanderer kehrten um. Der Wind blies ihnen ins Genick. In dem Schneegestöber war nichts mehr zu erkennen.

»Halt ein, Gevatter! Mir scheint, wir gehen falsch!« rief Tschub, als sie ein Stück gegangen waren. »Ich sehe keine einzige Hütte. Ach, dieser Schneesturm! Geh du ein bißchen seitwärts, Gevatter, ob du nicht den Weg dort findest, ich such' indessen hier. Da hat uns der Böse geritten, daß wir uns bei solchem Schneegestöber in der Nacht herumtreiben. Vergiß nicht zu schreien, wenn du den Weg gefunden hast. Herrje, diese Klumpen Schnee, die einem der Satan in die Augen treibt!«

Doch der Weg war nicht zu sehen. Der Gevatter, der ihn seitwärts suchte, stampfte in seinen hohen Stiefeln vor und zurück und stieß schließlich auf die Schenke. Diese Entdeckung freute ihn so, daß er alles darüber vergaß. Er schüttelte den Schnee von sich, trat in den Flur und sorgte sich nicht weiter um den Gevatter, der irgendwo draußen geblieben war. Tschub deuchte es indes, als hätte er den Weg gefunden. Er blieb stehen und schrie aus vollem Halse. Als der Gevatter nicht antwortete, entschloß er sich, den Weg allein zu verfolgen. Nach kurzer Zeit schon sah er seine Hütte. Hoch lag der Schnee um sie herum und auf ihrem Dach. Tschub schlug die frosterstarrten Arme über der Brust zusammen, klopfte an die Tür und schrie gebieterisch, seine Tochter solle ihm öffnen.

»Was suchst du hier?« herrschte ihn da der Schmied an, der aus der Türe trat.

Tschub erkannte die Stimme des Schmieds und wich etwas zurück. »Ei, das ist ja gar nicht mein Haus«, sprach er zu sich selber. »In mein Haus wagt sich der Schmied nicht. Doch wenn ich es mir recht betrachte, so ist's auch nicht das Haus des Schmieds. Wessen Haus ist es denn dann? Ich hab's! Ich hab' nicht richtig aufgepaßt! Es ist das Haus des lahmen Lewtschenko, der kürzlich die junge Frau geheiratet hat. Er allein hat ein Haus, das meinem ähnlich sieht. Drum kam es mir gleich etwas merkwürdig vor, daß ich so bald zu Hause war. Aber Lewtschenko sitzt jetzt beim Vorsänger, das weiß ich. Was sucht dann der Schmied hier? Ei, ei, ei, er besucht die junge Frau. Das ist es! Das ist gut! Jetzt begreife ich alles.«

»Wer bist du, und was treibst du dich vor fremden Türen herum?« fragte der Schmied noch drohender als zuvor und trat an Tschub heran.

Nein, ich sage ihm nicht, wer ich bin, überlegte sich Tschub, das bekäme mir schlecht. Die verfluchte Mißgeburt prügelt mich noch durch. Und mit verstellter Stimme antwortete er: »Ich bin es, guter Mann. Ich wollte Euch zur Freude ein bißchen vor dem Fenster singen.«

»Scher dich zum Teufel mit deinem Gesang!« schrie Wakula ärgerlich. »Was stehst du noch da? Hörst du nicht? Scher dich sofort weg!«

Tschub hatte schon selber die vernünftige Absicht gehabt. Jetzt aber ärgerte es ihn, daß er den Weisungen des Schmieds gehorchen sollte. Es war, als stieße ihn der Böse am Arm und nötige ihn zum Widerspruch.

»Was schreist du eigentlich so herum?« rief er mit noch verstellter Stimme. »Wenn ich singen will, dann singe ich, und damit gut!«

»Aha, ich sehe: Worte nützen nichts bei dir!« Und schon spürte Tschub einen harten Schlag auf der Schulter.

»Und du suchst Händel, wie ich sehe!« rief er und zog sich etwas zurück.

»Scher dich weg, und rasch!« rief der Schmied und bedachte Tschub mit einem weiteren Hieb.

«Was fällt dir ein!« stieß Tschub hervor mit einer Stimme, die Schmerz, Ärger und Furcht in einem verriet. »Ich sehe: du haust nicht zum Spaß; das tut ja ordentlich weh!«

»Scher dich weg, sag' ich dir!« schrie der Schmied und schlug die Tür zu.

»Sieh mal an, wie der den Tapferen spielt!« sprach Tschub, als er allein auf der Straße stand! »Versuch es nur, komm nur heran! Das ist ein Fläz! Hält sich für was Besonderes. Denkst du, ich finde gegen dich keinen Richter? Nein, mein Täubchen, ich gehe, ich geh' geradewegs zum Kommissar. Du sollst mich kennenlernen! Ich pfeife darauf, daß du ein Schmied und Maler bist. Muß aber doch mal meinen Rücken und die Schulter ansehen. Bestimmt hab' ich da blaue Flecke. Das muß ich sagen, der hat mich ordentlich verdroschen, der Teufel! Dumm, daß es so kalt und man den Pelz nicht ausziehen kann. Warte nur, du Satansschmied, daß der Teufel dich und deine Schmiede nicht holt! Von mir wirst du dein Teil noch bekommen! Ei, der verfluchte Galgenstrick! Übrigens, zu Hause ist er jetzt nicht. Solocha sitzt sicher allein daheim. Hm... Es ist gar nicht weit von hier. Man könnte hingehen! Zu dieser Stunde wird uns keiner stören. Vielleicht, kann sein, daß vielleicht... Ei, der verfluchte Schmied hat mich ordentlich verdroschen!«

Damit schlug Tschub, den Rücken reibend, die Richtung nach Solochas Haus ein. Die freundlichen Erwartungen, die er sich von dem Wiedersehen mit Solocha machte, linderten den Schmerz und ließen ihn sogar den Frost vergessen, der in allen Straßen krachte und den nicht einmal der

Schneesturm mit seinem Pfeifen zu übertönen vermochte. Der Schneesturm seifte Tschubs Bart und Schnauzbart geschickter ein als der flinkste Barbier, der sein Opfer drohend an der Nase packt, und doch sah man von Zeit zu Zeit auf Tschubs Gesicht ein Lächeln, das fast süß zu nennen war. Hätte nicht der Schnee so kreuz und quer vor den Augen getanzt, dann hätte man noch lange verfolgen können, wie Tschub immer wieder stehenblieb, sich seinen Rücken rieb und stöhnte: »Der verfluchte Schmied hat mich ordentlich verdroschen!« und wie er doch seinen Weg immer weiter verfolgte.

Als der durchtriebene Geck mit dem Schwanz und dem Bocksbart aufs neue in den Schornstein der Hexe einfuhr, da blieb die Tasche, die an einer Schnur an seiner Seite hing und in die er den gestohlenen Mond gesteckt hatte, unversehens hängen, sie öffnete sich, und der Mond nutzte die Gelegenheit und stieg durch den Schornstein von Solochas Hütte empor und erhob sich am Firmament. Überall wurde es hell. Der Schneesturm legte sich sofort, als hätte er niemals gewütet. Als weites silbernes Gefilde flimmerte der Schnee, und alles war mit kristallenen Sternen bedeckt. Es wurde plötzlich wärmer. Scharen von Burschen und Mädchen mit Säcken tauchten auf. Lieder erklangen, und es gab kaum eine Hütte, vor der sich nicht singende junge Leute drängten.

Wunderbar leuchtete der Mond! Es läßt sich kaum beschreiben, wie schön es ist, in einer solchen Nacht zu Burschen sich zu gesellen, die zu jedem Streich und jedem Unfug, wie ihn nur eine so fröhlich lachende Nacht eingeben kann, bereit sind. Unter dem dicken Pelz ist es warm. Die Wangen brennen noch frischer vom Frost. Und der Böse selber scheint einen hinterrücks zu mutwilligen Streichen anzutreiben.

Eine Schar Mädchen mit Säcken in der Hand brach in die Hütte Tschubs ein und umringte Oxana. Ihr Schreien, ihr Lachen und Erzählen machten den Schmied ganz dumm. Alle wollten zu gleicher Zeit der Schönen die Neuigkeiten erzählen. Sie kramten ihre Säcke aus und prahlten mit den Wecken und Würsten und den Piroggen, die sie schon reichlich für ihr Singen eingesammelt hatten. Oxana schwamm in eitel Zufriedenheit und

Freude, schwatzte mit dieser und mit jener und lachte ununterbrochen. Ärgerlich und neidisch sah der Schmied auf diese Fröhlichkeit, und er verfluchte das Weihnachtssingen, obwohl er sonst selbst ganz närrisch darauf war.

»Ei, Odarka!« sagte die lustige Schöne zu einem der Mädchen. »Du hast ja neue Schuhe! Ach, sind die hübsch! Und mit Gold bestickt. Du bist gut dran, Odarka, du hast einen, der dir alles kauft. Mir bringt keiner so herrliche Schuhe.«

»O gräme dich nicht, schöne Oxana!« fiel da der Schmied ein. »Ich bringe dir Schuhe, so schön, wie sie kaum ein Fräulein trägt.«

»Du?« fragte Oxana und warf ihm einen flüchtigen und hochmütigen Blick zu. »Ich möchte sehen, woher du Schuhe nehmen willst, die ich anziehen kann. Es sei denn, du bringst mir die Schuhe, die die Zarin selber trägt!«

»Ei, die hat Wünsche!« riefen die Mädchen lachend.

»Ja«, fuhr die Schöne übermütig fort, »ihr alle seid Zeuge: wenn der Schmied Wakula mir die Schuhe bringt, die die Zarin trägt, dann nehme ich ihn auf der Stelle sofort zum Mann. Ich gebe ihm mein Wort darauf!«

Die Mädchen führten die launenhafte Schöne fort.

»Lache nur, lache!« sprach der Schmied und folgte ihnen auf die Straße. »Ich lache selber über mich. Ich überlege und überlege und weiß doch nicht, wo mein Verstand geblieben ist. Sie liebt mich nicht – nun, so läßt sie es bleiben. Als ob es auf der weiten Welt nur eine Oxana gäbe. Gott sei Dank gibt es außer ihr noch viele andere schöne Mädchen im Dorf. Was soll mir auch Oxana? 'ne gute Hausfrau wird sie nie. Das einzige, was sie meisterhaft versteht, ist, sich anzuputzen. Nein, jetzt ist's genug, länger will ich mich nicht wie ein Narr benehmen.«

Doch während der Schmied noch beschloß, in Zukunft fest zu bleiben, zauberte ihm ein böser Geist das lachende Gesicht Oxanas vor Augen, wie sie spöttisch sagte: Bring mir die Schuhe der Zarin, Schmied, dann nehme ich dich zum Mann! Da loderte es heiß in ihm auf, er dachte nur noch an Oxana.

Die Sängerscharen zogen, die Burschen für sich und die Mädchen für sich, von Straße zu Straße. Nur der Schmied schritt einsam dahin, ohne auf die anderen zu achten, und nahm nicht teil an der Fröhlichkeit, die er sonst mehr als alle andern liebte.

Der Teufel koste indessen in allem Ernste mit Solocha. Er küßte ihr die Hand mit einer Geste, wie sie der Assessor gegenüber der Popenfrau braucht. Er faßte sich ans Herz und stöhnte und sagte es ihr frei heraus, wenn sie seine Leidenschaft nicht stille und ihm den Lohn nicht gewähre, der allerorts auf Liebe steht, dann wäre er zu allem fähig. Ins Wasser ginge er dann, und seine Seele käme in die Hölle. So grausam war Solocha nicht. Außerdem stand sie, wie allgemein bekannt, schon lange mit dem Teufel im Bunde. Sie liebte es, wenn ihr eine Schar von Verehrern nachstieg, und sie war selten ohne Gesellschaft. Diesen Abend allerdings hatte sie gemeint, allein zu verbringen, weil alle angesehenen Bewohner des Dorfes beim Vorsänger zum Weihnachtsschmaus eingeladen waren. Aber es kam anders. Kaum hatte der Teufel sein Begehren geäußert, da vernahmen sie die Stimme des dicken Bürgermeisters. Solocha eilte, die Tür zu öffnen. Der Teufel aber kroch flink in einen der Säcke, die in der Stube lagen.

Der Bürgermeister klopfte den Schnee von der Mütze, nahm aus Solochas Hand ein Glas Schnaps entgegen, und dann erzählte er, er wäre nicht zum Vorsänger gegangen, weil der Schneesturm gar so wüte. Und da er in ihrer Hütte Licht gesehen, sei er eingekehrt, um den Abend mit ihr zu verbringen.

Der Bürgermeister hatte kaum diese Worte gesprochen, als es an der Türe klopfte und die Stimme des Vorsängers ertönte.

»Versteck mich irgendwo«, wisperte der Bürgermeister. »Ich möchte dem Vorsänger jetzt nicht begegnen.«

Solocha überlegte lange, wohin sie ihren dicken Gast verstecken könnte. Schließlich zog sie den größten, mit Kohlen gefüllten Sack hervor, schüttete die Kohlen in einen Zuber, und der fette

Bürgermeister kroch mit der Mütze, dem Kopf und dem Schnauzbart voran in den Sack.

Der Vorsänger trat ein und krächzte und rieb sich die Hände und sagte, es sei kein Mensch zu ihm zum Weihnachtsschmaus gekommen, und er freue sich der Gelegenheit herzlich, sich bei ihr ein bißchen zu vergnügen. Nicht einmal der Schneesturm habe ihn vom Kommen abhalten können. Damit trat er ganz nah an sie heran, hüstelte und grinste, berührte mit seinen langen Fingern ihren nackten vollen Arm und fragte mit einer Miene, darin sich Schlauheit und Selbstzufriedenheit paarten: »Ei, was habt Ihr denn da, meine prächtige Solocha?« Und bei diesen Worten hüpfte er ein paar Schrittchen zurück.

»Was soll es sein? Ein Arm, Ossip Nikiforowitsch«, antwortete Solocha.

»Hm, ein Arm! Hehehe!« stieß der Vorsänger hervor, von Herzen zufrieden mit seinem Beginn, und schritt im Zimmer auf und ab.

»Und was habt Ihr denn da, teuerste Solocha?« fragte er dann mit derselben Miene, indes er wieder an sie herantrat und ihren Hals leicht umfaßte und darauf wiederum zurücksprang.

»Als ob Ihr das nicht seht, Ossip Nikiforowitsch!« antwortete Solocha. »Einen Hals, und am Hals eine Kette.«

»Hm, am Hals eine Kette! Hehehe!« Und wieder ging der Vorsänger in der Stube auf und ab und rieb sich vergnügt die Hände.

»Und was habt Ihr denn da, unvergleichliche Solocha?« Was der Vorsänger diesmal mit seinen langen Fingern berührte, wurde nicht bekannt, denn in diesem Augenblick klopfte es an der Tür, und die Stimme des Kosaken Tschub ließ sich vernehmen.

»Ach, mein Gott! Ein Störenfried!« rief der Vorsänger erschrocken. »Was dann, wenn er mich hier trifft! Bei meinem Stande! Wenn das der Vater Konrad erfährt!«

In Wahrheit galten die Befürchtungen des Vorsängers gar nicht dem Popen Konrad; er hatte vielmehr Angst, daß seine bessere Hälfte, deren schreckliche Hand ohnedies im Laufe der Jahre seinen dicken Zopf in ein gar dünnes Zöpfchen umgewandelt hatte, von seinem Besuch erführe.

»Um Gottes willen, tugendhafte Solocha«, bat er, am ganzen Leibe zitternd. »Eure Güte ist, wie es im Evangelium des Lukas heißt, Abschnitt dreiz... drei... Es klopft, mein Gott, es klopft! Ach, versteckt mich irgendwohin!«

Solocha schüttete die Kohlen aus einem zweiten Sack in den Zuber, und der nicht allzu umfangreiche Vorsänger kroch in den Sack und hockte sich auf dessen Boden, so daß man über ihm noch den halben Sack mit Kohlen hätte füllen können.

»Guten Tag, Solocha!« sagte Tschub, als er in die Stube trat. »Du hast mich wohl nicht erwartet, ha? Nicht wahr, du hast mich nicht erwartet? Vielleicht störe ich dich gar?« fuhr er fort und zeigte eine so vergnügte Miene, daß man im voraus sah: sein schwerfälliges Haupt bemühte sich, einen besonders lustigen und feinen Witz zu machen. »Vielleicht hast du dich gar mit einem andern amüsiert? Hast ihn am Ende schnell versteckt, ha?« Tschub lachte begeistert über seinen Witz und triumphierte innerlich, daß er allein sich der Gunst der Solocha erfreute. »Und nun, Solocha, laß uns ein Gläschen Schnaps trinken! Ich glaube, mir ist die Gurgel eingefroren in der verfluchten Kälte. Da hat uns ja Gott einen Weihnachtsabend beschert! Wie der Schneesturm, hörst du, Solocha, wie der Schneesturm... Ach, meine Hände sind ganz erstarrt, ich kriege den Pelz nicht auf! Wie der Schneesturm tobte...«

«Mach auf!« ertönte draußen eine Stimme, und es klopfte an der Tür.

»Es klopft!« rief Tschub und hielt inne in seinem Bericht.

»Aufmachen!« schrie es lauter als zuvor.

»Der Schmied!« stieß Tschub hervor und griff nach seiner Mütze. »Höre, Solocha, steck mich, wohin du willst. Um nichts in der Welt zeig' ich mich vor der verfluchten Mißgeburt. Wenn nur ihm, dem Teufelssohn, gleich Blasen unter den Augen wüchsen wie ein Heuhaufen so groß!«

Solocha, die selber erschrocken war, fegte umher wie nicht bei Sinnen. In der Verwirrung gab sie Tschub ein Zeichen, in denselben Sack zu kriechen, in dem schon der Vorsänger saß. Der arme

Vorsänger wagte nicht, durch ein Hüsteln oder Ächzen seinen Schmerz zu verraten, als der schwere Tschub sich ihm auf den Kopf setzte und seine mit Schnee verkrusteten Stiefel an seine Schläfen legte.

Der Schmied trat ein, ohne eine Wort zu sagen. Er nahm die Mütze nicht vom Kopf und warf sich auf die Bank. Offensichtlich war er schlechter Laune.

In dem Augenblick, in dem Solocha hinter ihm die Türe schloß, klopfte es aufs neue. Es war der Kosak Swerbygus. Ihn konnte sie in keinen Sack verstecken, denn Säcke dieser Größe waren nirgends aufzutreiben. Swerbygus war ja noch dicker als der Bürgermeister und noch länger als der Gevatter. Daher führte ihn Solocha in den Garten, um dort anzuhören, was er ihr zu sagen hätte.

Der Schmied ließ zerstreut seine Augen in alle Ecken der Stube wandern und lauschte zwischendurch dem in der Ferne klingenden Gesang der jungen Leute. Schließlich blieb sein Blick an den Säcken hängen. »Was liegen die Säcke hier herum? Die sollten längst hinausgeschafft sein. Durch die dumme Liebe bin ich völlig zum Narren geworden. Morgen ist Feiertag, und in der Stube liegt noch aller möglicher Plunder umher. Ich will sie in die Schmiede tragen.«

Damit kauerte sich der Schmied neben die gewaltigen Säcke und band sie fester zu, um sie auf die Schultern zu laden. Seine Gedanken waren offensichtlich Gott weiß wo, sonst hätte er gehört, wie der arme Tschub aufzischte, als der Strick, mit dem der Schmied den Sack verschnürte, auch sein Haar zusammendrehte, und wie der dicke Bürgermeister ganz vernehmlich den Schluckauf bekam.

»Kann ich mir denn die nichtsnutzige Oxana gar nicht aus dem Kopfe schlagen?« sprach der Schmied zu sich. »Ich will nicht mehr an sie denken. Aber etwas in mir denkt immer nur an sie, wie mir zum Trotz, an sie und an nichts anderes. Wie geht das nur zu, daß einem die Gedanken wider Willen in den Kopf kommen? Zum Teufel, die Säcke scheinen schwerer geworden zu sein! Da hat wohl einer noch was 'reingesteckt? Narr, der ich bin! Ich habe vergessen, daß mir jetzt alles schwerer vorkommt. Früher bog ich mit einer Hand einen Kupferfünfer und ein Hufeisen krumm und auch wieder gerade – jetzt hebe ich kaum ein paar Säcke mit Kohlen. Nächstens bläst mich der Wind über den Haufen! Nein«, rief er dann nach kurzem Schweigen, indem er sich ermannte, »ich will mich nicht länger wie ein altes Weib gebaren! Über mich soll keiner mehr lachen! Und seien es zehn solcher Säcke – ich hebe alle auf.« Mit Schwung warf er sich die Säcke über die Schultern, die zwei starke Männer kaum hätten tragen können. »Den kann ich auch noch mitnehmen«, meinte er dann und hob den kleinen Sack auf, auf dessen Boden zusammengerollt der Teufel lag. »Da habe ich wohl mein Werkzeug drin.« Damit ging er zur Stube hinaus und pfiff das Lied vor sich hin:

»Was kümmern mich die Frauenzimmer...«

Lauter und lauter klang das Singen und Schreien durchs Dorf. Die Scharen, die durch die Straßen zogen, hatten sich noch um Leute aus den Nachbardörfern vermehrt. Die Burschen trieben Schabernack und tollten sich aus nach Herzenslust. Hier und da hörte man zwischen den Weihnachtsliedern ein lustiges Verslein, das ein junger Kosak rasch gedichtet hatte. Einer aus der Schar ließ statt eines Weihnachtsliedes ein Silvesterlied hören. Aus vollem Halse sang er:

»Silvester, mein Bester!
Wirf mir einen Kuchen,
eine Handvoll Grütze
und eine Wurst in die Mütze.«

Lautes Lachen lohnte den Spaßvogel. Die kleinen Fenster wurden in die Höhe geschoben, und alte Frauen, die allein mit den bejahrten Vätern in den Häusern geblieben waren, streckten ihre dürren Hände mit Kuchen oder Wurst heraus. Die Burschen und Mädchen hielten wetteifernd ihre Säcke auf und fingen sich die Beute. An einer Stelle umringten die Burschen, die von allen Seiten zusammengeströmt waren, eine Schar von Mädchen. Das gab ein Lärmen und Kreischen! Der eine warf einen Schneeball, ein anderer raubte den Mädchen einen Sack mit Beute aller Art. An einer anderen Stelle jagten die Mädchen einen Burschen. Sie stellten ihm ein Bein, und er flog mitsamt seinem Sack kopfüber in den Schnee. Es sah fast aus, als wollten sie sich die ganze Nacht durch so vergnügen. Und die Nacht war eigens wunderbar mild. Und noch heller strahlte das Licht des Mondes im Widerschein des Schnees.

Der Schmied blieb stehen mit seinen Säcken. Ihn deuchte es, als habe er in der Schar Mädchen die Stimme und das liebliche Lachen seiner Oxana gehört. Jeder Nerv erzitterte in ihm. Er warf die Säcke so derb in den Schnee, daß der Vorsänger, der zuunterst lag, vor Schmerzen stöhnte und der Bürgermeister ein lautes »hik!« ausstieß. Den kleinen Sack noch auf dem Rücken, schlug sich der Schmied zu den Burschen, die der Mädchenschar folgte, aus der die Stimme Oxanas an sein Ohr gedrungen war.

Ja, da ist sie! Wie die Zarin steht sie da, und ihre schwarzen Augen blitzen. Der große Bursche erzählt ihr was, wohl etwas Lustiges, weil sie so lacht. Aber sie lacht ja immer. Ohne es zu wollen und ohne es zu wissen, drängte sich der Schmied durch die Schar der jungen Leute und stand plötzlich neben Oxana.

»Ah, Wakula, du bist auch da! Sei mir gegrüßt!« sagte die Schöne mit jenem Lächeln, das Wakula um den Verstand bringen konnte. »Nun, hast du schon viel eingesammelt? Ach, der kleine Sack! Und hast du schon die Schuhe, die die Zarin trägt? Bring mir nur die Schuhe, dann nehme ich dich gleich zum Mann!« Und lachend lief sie mit der Menge davon.

Wie angewurzelt blieb der Schmied auf einem Flecke stehen. »Nein, ich kann nicht mehr, es geht über meine Kräfte«, stieß er schließlich hervor. »Aber, Herr du mein Gott, warum ist sie so teuflisch schön! Ihr Blick und ihre Rede und alles, ach, das brennt, das brennt... Nein, ich kann mich nicht mehr ermannen! Es ist Zeit, allem ein Ende zu machen. Mag meine Seele verderben, ich geh' ans Eisloch und ertränke mich, und alles Elend ist vorbei.«

Damit schritt er entschlossen aus, holte die Mädchenschar ein, drängte sich an Oxana heran und sagte mit fester Stimme zu ihr: »Leb wohl, Oxana! Nimm dir, wen du willst, zum Mann, mach zum Narren, wen du willst. Mich wirst du auf dieser Welt niemals wiedersehen.»

Die Schöne zeigte sich erstaunt und wollte etwas sagen. Aber der Schmied winkte ab und lief davon.

»Wohin, Wakula?« riefen die Burschen, als sie den Schmied so laufen sahen.

»Lebt wohl, ihr Brüder!« schrie der Schmied zurück. »Gott gebe, daß wir uns in jener Welt alle wiedersehen; in dieser werden wir nie wieder zusammen fröhlich sein. Lebt wohl, behaltet mich in gutem Gedenken! Sagt Vater Konrad, er soll für meine sündige Seele in der Kirche beten lassen! Ich Sünder habe die Kerzen für die Bilder des Wundertäters und der Muttergottes nicht bemalt, weil ich weltliche Dinge im Kopfe trug. Alles in meiner Truhe soll der Kirche gehören! Lebt wohl!»

Nach diesen Worten eilte der Schmied mit seinem Sack auf dem Rücken davon.

»Es hat's ihm angetan«, meinten die Burschen.

»Eine verlorene Seele«, murmelte frömmelnd eine alte Frau, die zufällig des Weges kam. »Ich will schnell laufen und den anderen erzählen, daß der Schmied sich aufgehängt hat.»

Als Wakula indessen durch ein paar Straßen geeilt war, blieb er stehen, um Atem zu holen. »Was renne ich eigentlich so?« überlegte er sich. »Als ob schon alles verloren sei! Versuchen wir doch noch ein Letztes: Gehen wir zu dem Kosaken Pusaty Pazjuk. Er soll doch alle Teufel kennen und alles vermögen, was er will. Zu dem will ich gehn; denn meine Seele ist so und so verloren!«

Bei diesen Worten hüpfte der Teufel vor Freude in dem Sack, in dem er so lange reglos gelegen hatte. Der Schmied aber dachte, er habe selber an den Sack gestoßen und ihn verschoben. Er schlug mit der Faust kräftig darauf, rückte ihn zurecht und machte sich auf den Weg zu Pusaty Pazjuk.

Pusaty Pazjuk war ein echter Kosak, der im Lager des Kosakenheeres unterhalb der Stromschnellen des Dnjepr gehaust hatte. Ob man ihn dort weggejagt oder ob er selber entlaufen war, das wußte keiner. Schon lange, an die zehn oder auch fünfzehn Jahre, lebte er in Dikanka. Anfangs führte er ein Leben wie ein echter Lagerkosak, arbeitete nicht, verschlief drei Viertel des Tags, fraß wie sechs Scheunendrescher und soff auf einen Zug einen ganzen Eimer leer. Übrigens bot Pusatys Leib auch Raum für solche Mengen; er war zwar klein von Wuchs, sein Umfang aber war recht beachtlich. Und die Pluderhosen, die Pusaty trug, waren so weit, daß er noch so große Schritte machen konnte – ein Bein war nicht zu sehen. Es sah vielmehr aus, als bewege sich ein Branntweinzuber über die Straße. Vielleicht hatte das Anlaß gegeben, ihn Pusaty, das heißt Dickwanst, zu nennen. Kaum hauste Pusaty einige Tage im Dorf, da wußten schon alle, daß er ein Hexenmeister war. Wenn jemand krank war, rief man gleich Pazjuk. Und Pazjuk brauchte nur ein paar Worte zu murmeln, schon war das Leiden wie weggeblasen. Und kam es vor, daß einem Edelmann während des Fastens eine Gräte im Hals steckenblieb, so verstand es Pazjuk, ihn so geschickt mit der Faust auf den Rücken zu schlagen, daß die Gräte dahin rutschte, wohin sie gehörte, ohne der Gurgel des Edelmanns den geringsten Schaden zu tun. In letzter Zeit sah man Pazjuk nur selten. Vielleicht war seine Faulheit daran schuld, vielleicht war auch der Grund, daß es ihm mit jedem Jahr schwerer fiel, sich durch die Türen zu zwängen. So mußten die Dorfbewohner zu ihm gehen, wenn sie seine Hilfe brauchten.

Zaghaft öffnete der Schmied die Türe zu Pazjuks Stube und erblickte ihn, wie er nach Türkenart auf dem Boden saß vor einem kleinen Faß, auf dem eine Schüssel voll Klöße stand. Die Schüssel befand sich in gleicher Höhe mit seinem Mund, und er beugte nur den Kopf ein bißchen vor und schlürfte so die Brühe, schnappte auch ab und zu einen Kloß mit den Zähnen, ohne einen Finger zu rühren.

Wakula dachte bei sich: Ei, der ist ja noch fauler als Tschub. Tschub ißt doch noch mit dem Löffel, der hier aber will nicht mal die Hände heben.

Pazjuk schien mit seinen Klößen stark beschäftigt zu sein; denn er bemerkte den Schmied gar

nicht, der ihm gleich an der Schwelle eine tiefe Verbeugung machte.

»Ich komme zu dir, hochverehrter Pazjuk«, begann Wakula, sich abermals verneigend.

Der dicke Pazjuk hob den Kopf, schlang aber dann weiter an seinen Klößen.

»Du sollst – bitte, nimm mir's nicht übel«, sprach der Schmied weiter, indem er allen Mut zusammennahm, »ich will dich nicht beleidigen, doch sollst du entfernt mit dem Teufel versippt sein.«

Als Wakula das gesagt hatte, erschrak er, denn er meinte, er habe sich noch immer viel zu deutlich ausgedrückt und seine derbe Sprache viel zuwenig gemildert. Er dachte nicht anders, als daß Pazjuk jetzt das Faß mitsamt der Schüssel anpacken und ihm an den Kopf werfen würde. Vorsichtshalber trat er etwas zurück und hielt den Arm vors Gesicht, damit die heiße Brühe ihm nicht in die Augen spritzte.

Aber Pazjuk sah nur kurz auf und schmatzte weiter an seinen Klößen. Das ermutigte den Schmied, in seiner Rede fortzufahren.

»Ich bin zu dir gekommen, Pazjuk – Gott gebe dir alles, was du willst, alles Gut, das du begehrst, und Brot nach Proportion.« Der Schmied verstand es, hie und da ein Modewort in seine Rede flechten. Darin hatte er sich bei seinem Aufenthalt in Poltawa geübt, als er den Bretterzaun des Rittmeisters strich. »Ich Sünder muß verderben! Nichts auf der

Welt kann mir mehr helfen. Mag kommen, was da will, ich muß den Teufel um Hilfe bitten. Was meinst du, Pazjuk?« fragte der Schmied den Hexenmeister dringend angesichts dessen unverbrüchlichen Schweigens. »Was soll ich tun?«

»Wenn du den Teufel brauchst, so scher dich auch zum Teufel!« erwiderte Pazjuk, ohne den Blick zu heben, und räumte weiter unter den Klößen auf.

»Deshalb bin ich ja zu dir gekommen«, antwortete der Schmied und verbeugte sich tief. »Außer dir, denke ich mir, weiß keiner auf der Welt den Weg zu ihm.«

Pazjuk sagte kein Wort und verschlang die restlichen Klöße.

»Erweis mir die Gnade, guter Mann, und schick mich nicht so fort!« drängte der Schmied. »Was du auch brauchst, ob Schweinefleisch, ob Wurst, Buchweizenmehl oder auch Leinwand, Hirse und was es sonst gibt – das werde ich nicht sparen, so wie es unter guten Menschen der Brauch. Sag mir nur so beispielsweise, welchen Weg muß ich einschlagen, um den Teufel zu finden?«

»Der braucht nicht weit zu gehen, der den Teufel schon auf dem Rücken trägt«, erklärte Pazjuk gleichmütig, ohne seine Haltung zu ändern.

Wakula starrte ihn an, als müsse auf seiner Stirn die Deutung dieser Worte geschrieben stehen. Was sagt er? fragte seine Miene, und sein Mund stand halb offen, als sei er bereit, das erste Wort Pazjuks zu verschlingen wie Pazjuk die Klöße. Aber Pazjuk schwieg.

Auf einmal sah Wakula, daß vor Pazjuk kein Faß mehr stand und auch keine Schüssel mit Klößen. Statt dessen standen auf dem Boden vor ihm zwei hölzerne Schüsseln, die eine mit Piroggen gefüllt, die andere mit saurer Sahne. Die leckeren Speisen lenkten unwillkürlich nicht nur Wakulas Blick auf sich, sondern auch seine Gedanken. Wir wollen doch mal sehen, dachte er, wie Pazjuk die Piroggen verspeist. Bücken wird er sich bestimmt nicht, um sie zu essen wie die Klöße. Und das ginge ja auch nicht; die Piroggen muß man erst in die Sahne tunken.

Kaum hatte er das gedacht, da riß Pazjuk den Mund auf, sah die Piroggen an und riß den Mund noch weiter auf. Und alsogleich schlüpfte eine Pirogge aus der Schüssel, klatschte in die Sahne, drehte sich darin herum, sprang wieder hoch und Pazjuk in den Mund. Pazjuk verspeiste sie und riß dann wieder den Mund auf, und eine zweite Pirogge nahm denselben Weg. Er hatte nur die Mühe, sie zu kauen und hinunterzuschlingen.

Das ist allerhand! dachte der Schmied und riß vor Staunen den Mund weit auf, und sogleich merkte er, daß eine Pirogge aus der Schüssel ihm an den Mund sprang und ihm die Lippen mit Sahne beschmierte. Ärgerlich schlug er die Pirogge zurück und wischte sich den Mund. Dabei überlegte er, was für Wunder es gibt auf der Welt und zu welchen

Künsten der Böse seine Freunde befähigt. Und es ging ihm auf, daß tatsächlich allein Pazjuk ihm noch helfen könne. Ich will mich noch mal vor ihm verbeugen, vielleicht erklärt mir dann alles. Aber zum Teufel, da fällt mir ein: Heute ist doch Fasten, und er ißt Piroggen! Piroggen, die verboten sind! Was bin ich für ein Dummkopf! Ich stehe hier und lade mir Sünde aufs Haupt. Schnell fort von hier! Und Hals über Kopf stürzte der gottesfürchtige Schmied aus der Hütte.

Der Teufel aber, der im Sack saß und sich schon gefreut hatte, der konnte es nicht verwinden, daß ihm eine so herrliche Beute wieder aus den Händen glitt. Kaum ließ der Schmied den Sack fallen, schlüpfte er heraus und setzte sich dem Schmied rittlings auf den Hals.

Den Schmied überlief ein eisiger Schauer. Er ward vor Schrecken bleich und wußte nicht, was tun. Schon wollte er ein Kreuz schlagen, aber der Teufel hielt seine Hundeschnauze an Wakulas Ohr und sagte: »Ich bin es doch, mein Freund! Und ich tue alles für meinen Freund und Kameraden. Ich gebe dir Geld, soviel du willst« so piepste er ihm ins linke Ohr. »Oxana wird noch heute dein«, flüsterte er dann wieder ins rechte.

Der Schmied stand still und überlegte.

»Gut«, sagte er schließlich, »um diesen Preis bin ich der deine.«

Der Teufel klatschte in die Hände und ritt vor Freude auf dem Hals des Schmiedes Galopp. Jetzt ist der Schmied mir doch verfallen! dachte er bei sich. Jetzt, mein Täubchen, kühle ich mein Mützchen an dir für deine Malereien und die Verleumdungen, die du dem Teufel angehängt hast. Was werden meine Kameraden sagen, wenn sie erfahren, daß der frömmste Mann des Dorfes in meinen Händen ist? Der Teufel lachte vor Vergnügen, als er sich ausmalte, wie er die beschwänzte Sippschaft in der Hölle necken und wie der lahme Teufel sich erbosen würde, der sonst als größter Gauner unter ihnen galt.

»Nun, Wakula«, wisperte dann der Teufel, indes er noch immer dem Schmied im Genick saß, als habe er Angst, der könne ihm entlaufen, »du weißt, ohne Kontrakt läßt sich so was nicht machen.«

»Ich bin bereit!« erklärte der Schmied. »Wie ich hörte, muß man bei euch mit Blut unterschreiben. Wart mal, ich hab' in der Tasche 'nen Nagel.« Dann faßte er nach hinten, und, schwapp, hatte er den Teufel beim Schwanz.

»Ei, du bist ein Spaßvogel!« rief lachend der Teufel. »Jetzt ist es aber genug, nun hör auf mit den Dummheiten!«

»Ei, warte nur, mein Täubchen!« schrie der Schmied. »Wie kommt dir denn so etwas vor?« Und damit schlug er ein Kreuz, und der Teufel wurde fügsam wie ein Lamm. »Warte nur«, sagte Wakula und zog den Teufel am Schwanz auf die Erde, »ich will dich lehren, wie man anständigen Menschen und ehrlichen Christen Sünden in die Ohren bläst!« Damit sprang der Schmied dem Teufel auf den Rücken, ohne daß er seinen Schwanz losließ, und erhob wieder die Hand, als wolle er ein Kreuz schlagen.

»Erbarmen, Wakula!« stöhnte der Teufel kläglich. »Ich tue alles, was du willst, nur plag mich nicht und lasse mir Luft. Lege mir nicht das schreckliche Kreuz auf.«

»Aha, jetzt singt er in einer andern Tonart, der verfluchte Deutsche! Jetzt weiß ich, was ich zu tun habe. Bring mich sofort hier weg! Hörst du? Trag mich durch die Luft wie ein Vogel!«

»Wohin?« fragte der Teufel betrübt.

»Nach Petersburg, geradewegs zur Zarin.«

Sofort fühlte sich der Schmied in die Luft erhoben, und er ward ohnmächtig vor Schreck.

Lange stand Oxana und grübelte über die sonderbaren Worte des Schmieds. Ihr sagte eine innere Stimme, daß sie zu grausam zu ihm sei. Was dann, wenn er sich tatsächlich zu etwas Schrecklichem entschlösse? Das wäre was! Vielleicht fällt es ihm gar in seinem Kummer ein, sich in ein anderes Mädchen zu verlieben und es in seinem Ärger für die erste Schönheit im Dorf zu erklären! Aber nein, er liebt mich. Ich bin so schön. Er wird mir niemals untreu werden. Er macht nur Spaß und tut nur so. Keine zehn Minuten werden vergehn, und er ist wieder da, um mich anzusehn. Aber ich bin wirklich zu streng. Ich werde mich mal küssen lassen von ihm und natürlich tun, als sei es gegen meinen Willen. Dann wird er sich freuen! Und schon scherzte die leichtsinnige Schöne wieder mit ihren Freundinnen.

»Ei wartet doch«, rief da eine von ihnen. »Der Schmied hat seine Säcke vergessen. Seht nur, die schrecklich großen Säcke! Der hat andere Dinge als wir eingeheimst. Ich denke mir, dem haben sie gleich einen viertel Hammel gegeben. Und die Würste und Brote kann man wahrscheinlich nicht zählen. Das ist fein! Die ganzen Feiertage über kann er davon essen.«

»Die Säcke gehören dem Schmied?« fragte Oxana. »Dann wollen wir sie rasch in unsere Hütte bringen und untersuchen, was er eingeheimst hat.«

Alle stimmten lachend zu.

»Wir können sie nicht heben!« riefen aber bald die Mädchen, die sich vergeblich mühten, die Säkke zu bewegen. »Wartet«, sagte Oxana, »wir holen schnell einen Schlitten und fahren sie heim.«

Die ganze Schar stob eilends davon.

Den Gefangenen in den Säcken war es reichlich langweilig geworden, obwohl sich der Vorsänger ein hübsches Loch mit dem Finger gebohrt hatte. Wäre nicht so viel Volk auf der Straße gewesen, so hätte er vielleicht auch einen Weg gefunden, um aus dem Sack herauszukommen, aber vor aller Augen daraus hervorzukriechen, sich allen zum Gelächter darzubieten – der Gedanke hielt ihn zurück. Er beschloß zu warten und ächzte nur leise unter Tschubs rücksichtslosen Stiefeln. Tschub sehnte sich nicht weniger nach Freiheit, fühlte er doch, daß unter ihm etwas lag, worauf es sich schrecklich unbequem saß. Doch als er den Vorschlag seiner Tochter vernahm, beruhigte er sich und war geneigt zu warten; denn er überlegte, daß es bis zu seiner Hütte bestimmt noch hundert Schritte waren, vielleicht auch zweihundert, die er sich lieber sparte. Und wenn er aus dem Sack herauskroch, mußte er seine Kleider richten, mußte seinen Pelz zuknöpfen, den Gürtel wieder binden – kurz, eine ganze Menge Arbeit. Und außerdem war seine Mütze bei der Solocha geblieben. Da war es bestimmt besser, die Mädchen fuhren ihn auf dem Schlitten heim. Aber es kam anders, als Tschub erwartet hatte. Während die Mädchen den Schlitten holten, kam der hagere Gevatter aus der Schenke, schlechter Laune und arg verstimmt. Die Wirtin war nicht zu bewegen gewesen, ihm auf Kredit auszuschenken. Er hatte deshalb gewartet, ob nicht ein frommer Edelmann käme und ihn freihielte. Aber wie ihm zum Schur blieben alle Edelleute an diesem Abend daheim und aßen als gute Christen das Weihnachtsgericht mit ihren Lieben. Indem nun der Gevatter über den Verfall der Sitten und das hölzerne Herz der Jüdin nachsann, die den Wein ausschenkte, stieß er auf die Säcke und blieb verwundert stehen.

»Sieh mal an, was für schöne Säcke da einer auf

der Straße liegenläßt!« rief er und sah sich nach allen Seiten um. »Da ist doch sicher Schweinefleisch drin. Der hat aber Glück gehabt, so viele gute Dinge für sein Singen einzuheimsen. Das sind ein Paar Säcke! Und nehmen wir an, sie wären nur mit Buchweizenkuchen und Fladen vollgestopft, das wäre auch nicht schlecht! Selbst wenn nur Schwarzbrote drinsteckten, wär' das nicht übel; die Jüdin gibt für jeden Laib ein Achtel Schnaps. Ich will die Säcke schleunigst wegschaffen, daß es nur keiner sieht.« Er wollte sich den Sack mit Tschub und dem Vorsänger über die Schulter werfen, merkte aber gleich, daß er für ihn zu schwer war. »Nein«, sprach er, »für einen ist der zu schwer. Aber da kommt ja der Weber Schapuwalenko wie gerufen daher. Sei mir gegrüßt, Ostap!«

»Sei mir gegrüßt«, sagte der Weber und blieb stehen.

»Wohin des Wegs?«

»Nur so, wohin die Beine mich tragen.«

»Hilf mir die Säcke schleppen, guter Mann. Jemand hat darin Gaben gesammelt und sie dann hier mitten im Weg liegenlassen. Wir machen halbpart.«

»Die Säcke? Was ist denn drin? Kuchen oder Schwarzbrot?«

»Ich denke, es wird von allem was drin sein.«

Sie rissen hastig ein paar Knüppel aus einem Flechtzaun, legten einen Sack darauf und trugen ihn so auf den Schultern fort.

»Wohin wollen wir ihn denn tragen? In die Schenke?« fragte der Weber unentwegt.

»Ich habe anfangs auch gedacht, in die Schenke. Aber die verfluchte Jüdin glaubt uns doch nicht. Sie denkt vielleicht gar, wir haben den Sack gestohlen. Außerdem komm' ich gerade aus der Schenke. Wir wollen ihn zu mir, in meine Hütte tragen. Da sind wir ungestört; meine Alte ist nicht daheim.«

»Ist sie auch bestimmt nicht daheim?« fragte der Weber vorsichtig.

»Nein! Gott sei Dank habe ich meine fünf Sinne beisammen. Kein Teufel brächte mich heim, wenn meine Alte dort wäre. Die treibt sich mit den anderen Weibern sicher bis zum Morgengrauen herum.«

»Wer ist da?« schrie des Gevatters Weib, als es den Lärm vernahm, den die beiden Freunde im Flur mit dem Sack vollführten, und sie riß die Tür auf.

Der Gevatter erstarrte zu Stein.

»Da hast du es!« rief der Weber und ließ die Arme sinken.

Die Frau des Gevatters war ein Schatz, wie es leider viele auf der Erde gibt. Genau wie ihr Mann war sie fast nie zu Hause, sondern steckte die meiste Zeit bei irgendwelchen Gevatterinnen und wohlhabenden alten Weibern, schmeichelte sich bei ihnen ein und aß mit großem Appetit. Mit ihrem Mann raufte sie sich nur morgens, weil sie ihn bloß zu dieser Zeit manchmal zu Gesicht bekam. Ihre Hütte war noch zweimal älter als die

Pluderhosen des Bezirksschreibers, das Dach war an vielen Stellen nicht mehr mit Stroh bedeckt. Vom Zaun standen nur kümmerliche Reste, weil im Dorf keiner, der aus dem Hause ging, einen Stock für die Hunde mitnahm, sagte er sich doch, daß er am Garten des Gevatters vorbeigehen und dort einen Knüppel nach seinem Gefallen aus dem Flechtzaun ziehen könnte. Der Ofen wurde oft drei Tage lang nicht geheizt. Alles, was die zärtliche Gattin von guten Leuten erbettelte, versteckte sie vor ihrem Mann so sicher wie nur möglich und nahm ihm noch von seiner Beute oft eigenmächtig weg, was er nicht schnell genug in der Schenke vertrank. Der Gevatter gab ihr hierin bei all seiner sonstigen Gleichgültigkeit gar nicht gerne nach, und deshalb kam er fast stets mit blauen Augen aus dem Hause, während seine bessere Hälfte zu den alten Weibern eilte und denen jammernd erzählte, wie gemein ihr Mann sei und wie schrecklich er sie prügle.

Nun kann man sich vorstellen, wie bestürzt der Weber und der Gevatter waren bei dem unerwarteten Erscheinen der Frau Gevatterin. Sie warfen den Sack rasch hin, stellten sich davor und suchten ihn mit ihren Rockschößen zu decken. Aber es war schon zu spät. Die Frau Gevatterin sah zwar schlecht mit ihren alten Augen, den Sack hatte sie jedoch bemerkt.

»Das ist ja schön!« rief sie mit freudiger Miene, wie ein Habicht, der eine Beute erspäht. »Das ist mal schön, daß ihr so viel ersungen habt! So machen es die braven Leute. Aber nein, ich denke mir, ihr habt es irgendwo gestohlen. Zeigt sofort her! Hört ihr? Zeigt mir sofort den Sack!«

»Der kahlköpfige Teufel mag ihn dir zeigen, aber nicht wir!« entgegnete der Gevatter und gab sich eine würdevolle Haltung.

»Was geht dich unser Sack an?« erwiderte auch der Weber. »Wir haben gesungen, aber nicht du.«

»Sofort zeigst du ihn her, du gemeiner Säufer!« brüllte die Frau, versetzte dem langen Gevatter einen Faustschlag gegen das Kinn und drängte sich zu dem Sack.

Aber der Weber und der Gevatter verteidigten ihren Sack mannhaft und zwangen sie zum Rückzug. Doch hatten sie sich noch nicht besonnen, als schon die liebe Ehefrau wieder auf dem Flur erschien mit dem Schürhaken in der Hand. Behende schlug sie mit dem Haken ihrem Mann eins über die Finger, den Weber über den Rücken, und schon stand sie wieder neben dem Sack.

»Warum lassen wir sie denn 'ran?« meinte der Weber, als er zur Besinnung kam.

»Ach, warum wir sie 'ranlassen? Warum läßt *du* sie denn 'ran?« fragte der Gevatter kaltblütig.

»Euer Schürhaken ist von Eisen, wie es mir scheint«, stellte der Weber nach kurzem Schweigen fest und rieb sich seinen Buckel. »Meine Alte hat im vergangenen Jahr auf dem Jahrmarkt auch einen Schürhaken gekauft, fünfundzwanzig Kopeken hat sie dafür bezahlt, aber der stört mich gar nicht, der tut nicht weh.«

Indes hatte die sieghafte Frau die Fettlampe auf den Boden gestellt, knüpfte den Sack auf und schaute neugierig hinein. Doch diesmal täuschten sie ihre alten Augen, die doch den Sack so gut gesehen hatten.

»Ei, da steckt ja ein ganzes Schwein drin!« rief sie und klatschte vor Freude in die Hände.

»Ein Schwein! Hörst du? Ein ganzes Schwein!« Der Weber stieß den Gevatter an. »Daran bist allein du schuld!«

»Was war zu tun?« meinte der Gevatter ergeben und zuckte mit den Schultern.

»Was, fragst du? Was stehen wir so herum? Nehmen wir ihr den Sack weg! Los, drauf auf sie!«

»Scher dich weg! Scher dich weg! Das ist unser Schwein!« schrie der Weber und rückte gegen die Gevatterin vor.

»Fort mit dir, fort, du Teufelsweib! Das gehört dir nicht!« brüllte der Gevatter und ging gleichfalls zum Angriff vor.

Die Frau griff wieder nach dem Schürhaken, aber in diesem Augenblick kroch Tschub aus dem Sack, stellte sich mitten im Flur auf und reckte sich wie einer, der eben aus langem Schlaf erwacht.

Die Frau Gevatterin schrie auf und klatschte, da sie kniete, mit den Händen auf den Boden, und alle rissen weit ihre Münder auf.

»Was hat die Närrin gesagt: ein Schwein? Das ist doch kein Schwein!« meinte der Gevatter, dem die Augen fast aus dem Kopfe traten.

»Nun sieh mal an, was für einen Kerl sie dem in seinen Sack gesteckt haben!« rief der Weber und wich erschrocken zurück. »Da kannst du sagen, was du willst, ich will gleich platzen, wenn das nicht mit dem Teufel zuging. Der geht doch durch kein Fenster!«

»Das ist ja der Gevatter!« schrie der Gevatter, als er näher hinsah.

»Ja, was dachtest denn du?« fragte Tschub lachend. »Na, habe ich euch nicht einen feinen Streich gespielt? Und ihr wolltet mich am Ende gar als Schweinefleisch verspeisen? Aber wartet nur, ich weiß euch was zum Troste: Im Sack steckt noch etwas, wenn es kein Schwein ist, so ist es doch ein Ferkel oder ein anderes Vieh. Es hat die ganze Zeit unter mir gezappelt.«

Der Weber und der Gevatter stürzten sich auf den Sack, die Frau des Gevatters zerrte am anderen Ende, und der Streit wäre aufs neue ausgebrochen, wenn nicht der Vorsänger, der einsah, daß er sich nicht länger verborgen halten konnte, jetzt aus dem Sack gekrabbelt wäre.

Die Frau des Gevatters erstarrte und ließ den Fuß los, an dem sie den Vorsänger aus dem Sacke ziehen wollte.

»Noch einer!« schrie erschrocken der Weber. »Der Teufel weiß, was es jetzt alles gibt auf der

Welt! Mir dreht sich der Kopf. Keine Wurst und keine Wecken, lebendige Menschen werfen sie in die Säcke!«

»Der Vorsänger!« stieß Tschub hervor, der noch erstaunter als die andern war. »Das ist ja toll! Ei, diese Solocha! Steckt alle in den Sack! Darum lag bei ihr die ganze Stube voller Säcke! Jetzt weiß ich Bescheid. In jedem Sack hatte sie zwei Männer stecken. Und ich dachte, daß sie nur mir... Ei, diese Solocha!«

Die Mädchen waren recht verwundert, als sie nur noch einen Sack auf der Straße fanden. »Da hilft es nichts, auch der soll uns genügen!« erklärte Oxana. Alle packten mit an und wälzten den Sack auf den Schlitten.

Der Bürgermeister beschloß zu schweigen, denn er überlegte sich: wenn er riefe, damit man den Sack aufbände und ihn herausließe, dann würden die dummen Mädchen davonlaufen, weil sie dächten, in dem Sack steckte der Teufel, und er würde auf der Straße liegenbleiben, vielleicht bis zum anderen Morgen.

Die Mädchen faßten einander einträchtig an den Händen und flogen schnell wie der Wind mit dem Schlitten über den knirschenden Schnee. Einige hatten sich übermütig auf den Schlitten gesetzt, andere kletterten sogar auf den Bürgermeister hinauf.

Der Bürgermeister war entschlossen, alles zu ertragen. Endlich kamen sie am Ziel an, öffneten die Türen zum Flur und in die Stube sperrangelweit und schleppten den Sack unter vielem Lachen hinein.

»Nun wollen wir einmal sehen, was drinsteckt!« riefen sie und schickten sich an, den Sack zu öffnen.

In diesem Augenblick kam jedoch der Schluckauf, der nicht aufgehört hatte, den Bürgermeister zu quälen, so heftig über ihn, daß der arme Mann ein lautes »hik!« ausstieß und aus vollem Halse prustete.

»Oh, da sitzt einer drin!« schrien alle erschrokken und stürzten nach der Tür.

»Was ist das, zum Teufel? Was rast ihr davon wie besessen?« fragte Tschub, der eben eintrat.

»Ach, Väterchen«, flüsterte Oxana, »in dem Sack da steckt ein Mensch!«

»In dem Sack? Wo habt ihr den her?«

»Der Schmied hat ihn auf die Straße geworfen«, erklärten alle gleichzeitig.

Nun also, hab' ich es nicht gesagt? dachte Tschub bei sich.

Laut aber fuhr er fort: »Was gibt es da zu erschrecken? Wir wollen mal sehen! Na, lieber Mann, bitte, nimm es nicht übel, daß wir dich nicht beim Namen nennen, nun komm heraus aus dem Sack!«

Der Bürgermeister kroch aus dem Sack.

»Ach!« kreischten die Mädchen.

Der Bürgermeister sogar ist in den Sack gekrochen! dachte Tschub erstaunt und maß ihn vom Kopf bis zu den Füßen. »Sieh mal an! Ei, ei!« Mehr konnte er fürs erste nicht sagen.

Der Bürgermeister war nicht weniger verlegen und wußte nicht, was er beginnen sollte.

»Draußen ist es wohl kalt?« fragte er schließlich.

»Es friert«, antwortete Tschub. »Aber erlaubt die Frage: Schmiert Ihre Eure Stiefel mit Schmalz oder mit Teer?«

Er wollte das gar nicht sagen, wollte vielmehr fragen: Wie bist du denn in den Sack gekommen, Bürgermeister? Er wußte nicht, wieso sein Mund etwas ganz anderes sprach.

»Teer ist besser«, gab der Bürgermeister zur Antwort. »Nun, leb wohl, Tschub.« Und er zog die Mütze über die Ohren und verließ die Stube.

»Warum hab' ich nur so dumm gefragt, womit er seine Stiefel schmiert?« sagte sich Tschub und sah auf die Tür, durch die der Bürgermeister gegangen war. »Ei, die Solocha! Diesen großen Mann in den Sack zu stecken! Ei, das ist ein Teufelsweib! Und ich bin ein Dummkopf. Doch wo ist der verfluchte Sack?«

»Ich hab' ihn in die Ecke geworfen; es ist nichts mehr drin«, sagte Oxana.

»Den Spaß kenn' ich schon! Nichts mehr drin! Gib ihn her, da sitzt noch einer drin! Schüttele ihn nur ordentlich aus! Was, keiner weiter? Sieh mal an, das verfluchte Frauenzimmer! Und wenn man sie ansieht: wie eine Heilige, als äße sie nie zur Fastenzeit Fleisch.«

Aber lassen wir Tschub seinem Ärger in Ruhe weiter Luft machen und begeben wir uns wieder zum Schmied; denn bestimmt ist es mittlerweile schon neun Uhr geworden.

Zuerst war es Wakula gar unheimlich zumute, als er sich wie eine Fliege von der Erde erhob, zu solcher Höhe, daß er unten nichts mehr erkannte, und so dicht unter dem Mond hinflog, daß er sich ducken mußte, um nicht mit der Mütze an ihn zu streifen. Doch bald faßte er Mut und trieb mit dem Teufel sogar seinen Schabernack. Es gab ihm ungeheuren Spaß, wie der Teufel prustete und nieste, wenn er das Kreuz aus Zypressenholz von seinem Halse nahm und es ihm vor die Nase hielt. Dann hob er wieder die Hand, um sich auf dem Kopf zu kratzen, dieweil der Teufel denken sollte, er wolle sich bekreuzigen, und darum noch schneller mit ihm dahinflog. Alles war licht und hell hier in der Höhe. Alles lag in einem zarten Silbernebel, der doch so durchsichtig war, daß man weithin sehen konnte. Ein Zauberer, der in einem Topf saß, sauste schnell wie der Wind an ihnen vorbei. Die Sterne drängten sich zuhauf und spielten Blindekuh. Eine Wolke von Geistern wirbelte auf. Ein Teufel, der im Mondlicht tanzte, nahm seine Mütze ab, als er den Schmied geritten kommen sah. Ein Besen, auf dem wahrscheinlich eine Hexe ihren Bestim-

mungsort zugereist war, kehrte durch die Lüfte heim. Und noch gar viele merkwürdige Gestalten begegneten dem Schmied. Alle, die ihn erblickten, hielten für einen Augenblick an, um ihn zu mustern, und dann flogen sie weiter, verfolgten weiter ihre Bahn. Ununterbrochen flog der Schmied dahin. Und endlich leuchtete unter ihm Petersburg wie ein Feuermeer auf. Es war aus irgendeinem Grund in dieser Nacht illuminiert. Der Teufel überflog den Schlagbaum, verwandelte sich in ein Roß, und der Schmied fand sich auf einem flinken Traber mitten auf der Straße wieder.

Mein Gott! Der Lärm, das Tosen, das Lichtermeer! Zu beiden Seiten der Straße stiegen die Häuser vier Stockwerke hinauf. Das Klappern der

Hufe, das Rollen der Räder klang wie Donner im Ohr und hallte wider von allen Seiten. Auf Schritt und Tritt schienen die Häuser zu wachsen und sich immer höher aus der Erde zu heben. Die Brücken zitterten. Wagen flogen vorbei. Die Kutscher, die Vorreiter schrien. Der Schnee knirschte unter Tausenden Schlitten, die von allen Seiten vorbeisausten. Die Fußgänger drängten und stießen sich dicht an den Häusern, die mit Illuminationslämpchen besetzt waren, und ihre riesigen Schatten huschten über die Mauern und reichten mit den Köpfen bis zu den Dächern und Schornsteinen.

Verwundert sah der Schmied sich um. Ihn deuchte, als richteten alle Häuser ihre zahllosen feurigen Augen auf ihn, um ihn zu mustern. Er sah so viele Herren in tuchbezogenen Pelzen, daß er gar nicht wußte, vor wem er die Mütze abnehmen sollte. Herr du mein Gott, wie viele Herren gibt es hier! dachte der Schmied. Bestimmt ist jeder, der hier im Pelz über die Straße geht, mindestens Assessor, und die, die in den wunderbaren Wagen mit verglasten Fenstern fahren, nun, wenn das keine Polizeimeister sind, so sind es bestimmt Kommissare oder vielleicht noch mehr.

Er wurde in seinen Gedanken durch eine Frage des Teufels gestört. »Reiten wir geradeaus zur Zarin?« – Nein, da hab' ich Angst! dachte der Schmied. Hier müssen doch irgendwo die Kosaken aus dem Lager am Dnjepr zu finden sein, die im Herbst durch Dikanka kamen und mit Papieren zur Zarin wollten. Die will ich lieber erst um Rat fragen.

»He, Satan, kriech in meine Tasche und führe mich zu den Kosaken!«

Der Teufel schrumpfte im Handumdrehen zu solcher Kleinheit zusammen, daß er mühelos in die Tasche schlüpfen konnte. Und ehe sich's Wakula versah, fand er sich vor einem großem Hause, stieg schon die Treppe hinauf, er wußte selbst nicht wie, öffnete eine Tür und prallte etwas zurück vor dem Glanz, in dem das Zimmer erstrahlte. Aber dann erkannte er die Kosaken, die durch Dikanka gekommen waren, und er faßte ein bißchen Mut. Sie saßen auf seidenen Diwanen, ihre mit Teer geschmierten Stiefel untergeschlagen, und rauchten den allerstärksten Tabak, den man gewöhnlich Rippentabak nennt.

»Seid gegrüßt, ihr Herren! Schütze euch Gott! Hier sehen wir uns also wieder!« sagte der Schmied, trat näher und machte einen Bückling bis auf die Erde.

»Wer ist der Mann?« fragte der Kosak, vor dem der Schmied stand, einen anderen, der weiter abseits saß.

»Ihr kennt mich nicht?« fragte der Schmied. »Ich bin doch Wakula, der Schmied! Als ihr im Herbst durch Dikanka kamt, da haben wir euch fast zwei Tage bewirtet. Gott schenke euch Gesundheit und ein langes Leben! Und einen neuen

Reifen habe ich damals auch auf das Vorderrad eures Wagens geschlagen!«

»Aha!« rief der Kosak. »Das ist der Schmied, der so brav malt. Sei auch gegrüßt, Landsmann! Wozu führt denn Gott dich hierher?«

»Nur so. Ich wollte mich nur einmal umsehen. Man sagt doch...«

»Nicht wahr, Landsmann«, bemerkte der Kosak, der zeigen wollte, daß er auch die Schriftsprache beherrschte, und warf sich in die Brust, »tas ist eine kroße Stadt?«

Der Schmied wollte sich nicht blamieren und nicht zeigen, daß er neu war. Zudem beherrschte er ja die Schriftsprache auch, wie wir gesehen haben.

»Eine beteutente Metropole!« antwortete er obenhin. »Da kann man nichts sagen: unkemein große Häuser, ab und zu auch ein ganz hübsches Pild, fiele Häuser mit Puchstaben aus Blattgold extraordinär bemalt. Da läßt sich nichts sagen, wunderbare Proportion!«

Als die Kosaken hörten, wie der Schmied seine Worte gewandt zu setzen verstand, zogen sie daraus für ihn sehr schmeichelhafte Schlüsse.

»Später, Landsmann, wollen wir weiterplaudern mit dir. Jetzt müssen wir sofort zur Zarin fahren.«

»Zur Zarin? Ach, ihr Herren, seid so gut und nehmt mich mit!«

»Dich?« rief ein Kosak mit der Miene eines

Kinderwärters, den sein vierjähriger Zögling bittet, er möge ihn auf ein richtiges, auf ein großes Pferd setzen. »Was willst du denn dort? Nein, das geht nicht.« Er machte ein sehr wichtiges Gesicht. »Wir haben mit der Zarin über unsere Angelegenheiten zu sprechen, Bruder.«

»Nehmt mich doch mit!« beharrte der Schmied. »Bitte für mich!« flüsterte er leise dem Teufel zu, und schlug mit der Faust gegen die Tasche.

Kaum hatte er das gesagt, da meinte ein anderer Kosak: »So nehmen wir ihn doch mit, Brüder!«

»Gut, nehmen wir ihn mit!« erklärten die anderen.

»Dann zieh dich aber so an wie wir.«

Der Schmied beeilte sich, einen grünen Überrock anzuziehen. Da ging schon die Türe auf, und ein mit Posamenten besetztes Mannsbild trat ein und meldete, es sei Zeit zur Abfahrt.

Wieder kam sich der Schmied höchst sonderbar vor, als er in dem riesigen Wagen dahinjagte, der auf und nieder schaukelte, als beiderseits die vierstökkigen Häuser an ihm vorüberflogen und das Pflaster klirrend unter den Pferdehufen dahinzugleiten schien.

Herr du mein Gott, das Licht! dachte der Schmied. Bei uns ist es nicht einmal am Tag so hell.

Die Wagen hielten vor dem Palast. Die Kosaken sprangen heraus, traten in den prächtigen Flur und stiegen die blendend erleuchtete Treppe empor.

»Das ist eine Treppe!« flüsterte der Schmied vor sich hin. »Auf die traut man sich gar nicht zu treten. Diese Verzierungen! Da sagt man nun, die Märchen lügen! Der Teufel lügt! Herr du mein Gott, dieses Geländer! Das ist eine Arbeit! Da kommt ja das Eisen allein an die fünfzig Rubel!«

Schon waren die Kosaken die Treppe emporgestiegen und traten in den ersten Saal. Der Schmied folgte ihnen zaghaft; er fürchtete bei jedem Schritt, auf dem Parkett auszugleiten. Sie schritten durch drei Säle, und der Schmied kam nicht aus dem Staunen heraus. Als sie den vierten Saal betraten, zog es ihn unwillkürlich zu einem Bild, das hier an der Wand hing. Die allreine Jungfrau mit dem Jesuskind auf dem Arm war auf dem Bilde dargestellt. Das ist ein Bild! Welch wunderbare Malerei! dachte er bei sich. Man meint, sie spricht. Man meint, sie lebt. Und das Kind! Wie es sich mit den Händchen anschmiegt! Und wie es lacht, das arme! Und die Farben! Herr du mein Gott, die Farben! Ocker ist da, denke ich, nicht für eine Kopeke drin, nur Karmin und Kupfergrün. Und wie das Blau leuchtet! Eine tüchtige Arbeit! Der Grund ist offenbar mit Bleiweiß ausgeführt. Aber da, die kupferne Klinke, fuhr der Schmied fort und trat an die Tür und betastete sie, wie wunderbar die Malerei auch ist, die Klinke ist noch mehr Bewunderung wert. Eine saubere Arbeit. Das haben sicher alles deutsche Schmiede für teures Geld gearbeitet!

So wäre der Schmied vielleicht noch lange in

Betrachtungen gestanden, hätte ihn nicht ein goldbetreßter Lakai am Arm gestoßen und ihn ermahnt, er solle bei den andern bleiben. Die Kosaken schritten durch zwei weitere Säle, und im nächsten verharrten sie. Hier war ihnen befohlen zu warten. Mehrere Generäle in goldbestickten Uniformen warteten auch im Saal. Die Kosaken verbeugten sich nach allen Seiten und drängten sich auf einen Haufen.

Nach kurzer Zeit trat in den Saal, gefolgt von einer ganzen Suite, ein ziemlich korpulenter Mann von stattlicher Gestalt in Hetmansuniform und in gelben Stiefeln. Sein Haar war wirr, ein Auge schielte etwas. Hochmut prägte sich in seiner Miene aus, und sein Gebaren verriet, daß er gewohnt war zu befehlen. All die Generale, die so stolz in ihren goldbestickten Uniformen einherspaziert waren, taten nun sehr beflissen; in tiefer Verbeugung spähten sie nach seiner geringsten Bewegung, haschten sie nach einem Wort von ihm, um seine Wünsche sogleich zu erfüllen. Doch der Hetman beachtete sie kaum, nickte nur ein bißchen und schritt auf die Kosaken zu. Die Kosaken verneigten sich bis auf den Boden.

»Seid ihr alle da?« fragte er gedehnt und etwas durch die Nase.

»Ja, alle, Väterchen!« antworteten die Kosaken und verneigten sich erneut.

»Vergeßt ihr auch nicht, das zu sagen, was ich euch eingeprägt habe?«

»Nein, Väterchen.«

»Ist das der Zar?« fragte der Schmied einen Kosaken.

»Wo denkst du hin? Der Zar! Das ist Potjomkin in eigener Person«, antwortete jener.

Aus dem Nebenzimmer hörte man Stimmen, und plötzlich wußte der Schmied nicht mehr, wo er die Augen lassen sollte vor der Menge der Damen, die in den Saal eintraten in Atlasgewändern mit langen Schleppen, und vor den Höflingen in goldbestickten Röcken und mit einem Zopf. Er nahm nur einen wunderbaren Glanz wahr, sonst konnte er nichts unterscheiden. Die Kosaken warfen sich alle zu Boden und riefen wie aus einem Munde: »Gnade, Mütterchen, Gnade!«

Der Schmied, der gar nichts sah, streckte sich gleichfalls höchst beflissen auf die Erde.

»Erhebt euch!« ertönte über ihnen eine Stimme von befehlendem, doch angenehmem Klang. Einige Höflinge waren bemüht, dem Befehl Nachdruck zu verleihen, und stießen die Kosaken an.

»Nein, Mütterchen, wir stehen nicht auf! Wir stehen nicht auf! Bevor wir aufstehen, sterben wir lieber!« erklärten die Kosaken.

Potjomkin biß sich auf die Lippen. Endlich trat er selber herzu und flüsterte einem Kosaken etwas ins Ohr. Die Kosaken standen auf.

Da faßte auch der Schmied Mut, den Kopf zu heben, und sah vor sich eine Frau von kleinem Wuchs, etwas korpulent, gepudert, mit blauen Au-

gen und mit einem Lächeln von solcher Majestät, daß man daran sofort die fürstliche Frau erkannte, die alle sich untertänig macht.

»Durchlaucht versprach, mich heute mit meinem Volk bekannt zu machen, das ich bisher noch niemals sah«, sprach die Dame mit den blauen Augen und betrachtete die Kosaken neugierig. »Seid ihr gut untergebracht?« fuhr sie dann fort und trat auf die Kosaken zu.

»Danke sehr, Mütterchen! Der Proviant ist gut, obwohl die hiesigen Hammel sich mit den unseren im Lager am Dnjepr bei weitem nicht vergleichen können. Aber sonst ist es hier halbwegs auszuhalten. Warum nicht?«

Potjomkin runzelte die Stirn, weil die Kosaken ganz anders sprachen, als er es sie gelehrt hatte.

Einer der Kosaken trat vor, nahm stramme Haltung an und sprach: »Gnade, Mütterchen! Warum stürzt du dein treues Volk ins Unglück? Womit haben wir dich erzürnt? Haben wir je den heidnischen Tataren die Hand zum Bunde gereicht? Haben wir uns je mit den Türken zusammengetan? Haben wir dich je mit Worten oder Taten verraten? Warum diese Ungnade? Erst hörten wir, daß du überall Festungen gegen uns errichten läßt. Dann hörten wir, daß du uns zu Karabiniers abrichten lassen willst, und jetzt haben wir wieder von neuem Ungemach gehört. Wodurch hat das Kosakenheer solches verdient? Etwa damit, daß es deine Armee über den Perekop geführt und deinen Generalen geholfen hat, die Tataren zu verdreschen?«

Potjomkin schwieg und putzte nachlässig mit einem Bürstchen die Brillanten, mit denen seine Hände reich besetzt waren.

»Was wollt ihr eigentlich?« fragte besorgt Katharina.

Die Kosaken sahen sich bedeutsam an.

»Jetzt ist es Zeit! Die Zarin fragt, was wir wollen«, sagte sich auch der Schmied und warf sich auf die Erde.

»Eure Zarische Majestät, geruht nicht, mich zu strafen, geruht, mir Gnade zu erweisen. Woraus – bitte, Euer Gnaden, zürnt mir nicht ob meiner Frage – woraus sind die Schuhchen gefertigt, die Ihr an Euren Füßen tragt? Ich denke mir, kein Schuhmacher in keinem Staat der Welt kann solche Schuhchen machen. Herr du mein Gott, wenn ich meiner Frau solche Schuhchen anziehen könnte!«

Die Zarin lachte auf. Die Höflinge lachten auch. Potjemkin runzelte die Stirn und lächelte doch auch. Die Kosaken aber stießen den Schmied am Arm, denn sie dachten, er habe den Verstand verloren.

»Steh auf!« sprach freundlich die Herrscherin. »Wenn du gern solche Schuhe willst, so läßt sich dein Wunsch leicht erfüllen. Bringt ihm sogleich die kostbarsten, mit Gold bestickten Schuhe! Wirklich, mir gefällt diese Treuherzigkeit! Das wäre ein Sujet, würdig Eurer witzigen Feder«, fuhr die Herrscherin fort, zu einem Herrn in mittleren Jahren mit vollem, aber etwas bleichem Gesicht gewandt, der abseits von den anderen stand und dessen bescheidener Rock mit den großen Perlmutterknöpfen verriet, daß er nicht zu den Höflingen zählte.

»Eure Kaiserliche Majestät sind zu gnädig. Dazu bedarf es eines La Fontaine«, antwortete der Herr mit den Perlmutterknöpfen und verbeugte sich.

»Ich muß Euch ehrlich sagen: Noch immer bin ich ganz entrückt, seit ich Euren ›Brigadier‹ hörte. Ihr lest bewundernswürdig gut vor!« Und dann wandte sich die Zarin wieder zu den Kosaken: »Ich habe gehört, daß in eurem Lager keiner heiraten darf?«

»Aber nein doch, Mütterchen! Du weißt doch selber, daß ein Mann ohne Frau nicht leben kann«,

antwortete derselbe Kosak, der mit dem Schmied gesprochen hatte. Und der Schmied wunderte sich, daß dieser Kosak, der die Schriftsprache so gut beherrschte, mit der Zarin anscheinend absichtlich in derb bäurischer Weise sprach. Ein schlaues Volk! dachte er. Bestimmt tut er das nicht ohne Grund.

»Wir sind doch keine Mönche«, fuhr der Kosak fort, »wir sind bloß arme Sünder, wie alle guten Christen sind wir dem Fleisch verfallen. Bei uns gibt es viele, die eine Frau haben; sie lebt nur nicht bei ihnen im Lager. Manche haben ihre Frau in Polen, andere in der Ukraine und andere im Türkenland.«

Da wurden die Schuhe für den Schmied gebracht.

»Herr du mein Gott, ist das ein Staat!« rief er freudig und griff nach den Schuhen. »Eure Zarische

Majestät! Wenn Ihr solche Schuhchen tragt und darin vielleicht sogar auf das Eis schlittern geht, was müßt Ihr erst für Füßchen haben! Die sind bestimmt aus reinem Zucker.«

Die Herrscherin, die tatsächlich sehr wohlgeformte, entzückende Füße besaß, konnte ein Lächeln nicht unterdrücken, als sie dieses Kompliment von den Lippen des treuherzigen Kosaken vernahm, der in seinem Kosakenrock, ungeachtet der dunklen Haut, für einen hübschen Burschen gelten konnte.

Erfreut durch die wohlwollende Aufmerksamkeit, wollte der Schmied die Zarin nach allem gehörig ausfragen: ob es wahr sei, daß der Zar nur Speck und Honig äße und ähnliches mehr, aber da spürte er einen Rippenstoß von den Kosaken, und deshalb schwieg er lieber. Und als die Herrscherin sich an die Kosakenältesten wandte und fragte, wie sie im Lager lebten und welche Bräuche sie pflegten, da trat der Schmied etwas zurück, beugte sich zu seiner Tasche und flüsterte: »Bring mich schnell fort von hier!« Und schon fand er sich jenseits des Schlagbaums.

»Er ist ertrunken! Bei Gott, er ist ertrunken! Ich will mich nicht von der Stelle rühren, wenn er nicht ertrunken ist!« versicherte die dicke Weberin geschwätzig, die in einem Kreis von Weibern mitten auf der Straße stand.

»Ja, bin ich denn eine Lügnerin? Hab' ich denn

eine Kuh gestohlen? Hab' ich denn einen behext, daß mir keiner mehr glaubt?« schrie eine Frau mit Kosakenkittel mit violetter Nase dagegen und ruderte mit den Armen. »Nie wieder Wasser will ich trinken, wenn nicht die alte Pjerepjertschicha mit eigenen Augen gesehen hat, wie sich der Schmied erhängte.«

»Der Schmied hat sich erhängt? Das wäre das Neueste!« sagte der Bürgermeister, der gerade aus Tschubs Haus trat, und drängte sich in den Kreis der Frauen.

»Sag lieber, daß du keinen Schnaps mehr trinken willst, du Säuferin!« erwiderte die Webersfrau. »Er müßte so verrückt sein wie du, um sich zu erhängen! Er hat sich ertränkt! Im Eisloch hat er sich ertränkt! Das weiß ich so genau, wie daß du gerade aus der Schenke kommst!«

»Du Schandweib, du! Du willst mir Vorwürfe machen?« stieß die Frau mit der violetten Nase zornig hervor. »Willst du wohl schweigen, du gemeines Mensch? Du denkst wohl, ich weiß nicht, daß der Vorsänger jeden Abend zu dir kommt?«

Die Webersfrau brauste auf.

»Was für ein Vorsänger? Zu wem soll er kommen? Was lügst du da zusammen?«

»Der Vorsänger?« fuhr die Frau des Vorsängers dazwischen und drängte sich in ihrem mit blauem Nanking bezogenen Hasenpelz zu den Streitenden hin. »Ich will euch was lehren, von wegen Vorsänger! Wer hat was vom Vorsänger gesagt?«

»Die ist es, zu der der Vorsänger geht!« sagte die Frau mit der violetten Nase und zeigte auf die Weberin.

»Du bist das, du Hündin!« schrie die Frau Vorsängerin und trat vor die Weberin hin. »Du bist das also, du Hexe, die ihm Nebel vor die Augen legt und ihm Tee aus Hexenkräutern einflößt, damit er zu dir kommt?«

»Hebe dich weg von mir, Satan!« rief die Weberin und wich zurück.

»O du verfluchte Hexe! Daß du deine Kinder doch niemals wiedersähst! Pfui, du gemeines Weib!« Damit spuckte die Vorsängerin der Weberin ins Gesicht.

Die Weberin wollte ihr das gleiche tun, statt dessen aber spie sie dem Bürgermeister auf sein rasiertes Kinn, der sich, um besser zu hören, bis zu den Streitenden hindurchgearbeitet hatte.

»Pfui, du ekelhaftes Weib!« rief der Bürgermeister, wischte sich das Gesicht mit dem Rockschoß und erhob die Peitsche. Diese drohende Bewegung zwang die Weiber, sich schleunigst unter wütendem Geschimpfe nach allen Seiten zu zerstreuen. »Das ist eine Frechheit!« fuhr der Bürgermeister fort und rieb noch immer sein Gesicht. »So ist der Schmied also ertrunken! Herr du mein Gott! Und er war ein so tüchtiger Maler! Und was für feste Messer und Sicheln und Pflüge er zu schmieden verstand! Der hatte Kraft! Ja«, fuhr er nachdenklich fort, »solche Leute gibt es wenig bei uns im Dorf.

Doch ich habe schon gemerkt, als ich in dem verfluchten Sack saß, daß der arme Kerl bei sehr schlechter Laune war. Ja, ja, das war ein Schmied! Er ist gewesen, und schon ist er nicht mehr! Und ich wollte gerade meine Schecke bei ihm beschlagen lassen!« Erfüllt von solchen christlichen Gedanken, wanderte der Bürgermeister friedlich seiner Hütte zu.

Oxana war tief bestürzt, als diese Nachrichten zu ihr drangen. Sie glaubte den Augen der Pjerepjertschicha und dem Geschwätz der Weiber wenig. Sie wußte, daß der Schmied viel zu gottesfürchtig war, als daß er sich hätte entschließen können, seine Seele zu verderben. Aber was dann, wenn er tatsächlich aus dem Dorf gegangen war in der Absicht, niemals wiederzukehren? Kaum würde sich anderswo ein Bursche finden, wie der Schmied gewesen war! Er hatte sie so geliebt! Länger als alle anderen hatte er ihre Laune ertragen! So wälzte sich die Schöne die ganze Nacht unter ihrer Decke von der rechten Seite auf die linke und von der linken wieder auf die rechte und konnte nicht einschlafen. Bald warf sie sich in ihrer bezaubernden Nacktheit, die die nächtliche Finsternis selbst ihrem Blick verbarg, unruhig hin und her und schalt sich laut, bald lag sie ganz ruhig und nahm sich vor, an nichts mehr zu denken, und dachte doch immer an ihn. Und sie glühte am ganzen Leib, und als der Morgen kam, war sie bis über beide Ohren in den Schmied verliebt.

Tschub äußerte weder Freude noch Schmerz über das Schicksal Wakulas. Seine Gedanken waren mit etwas anderem beschäftigt: Er konnte die Treulosigkeit Solochas nicht vergessen und ließ selbst im Schlaf nicht ab, auf sie zu schelten.

Der Morgen kam. Die Kirche war schon vor Sonnenaufgang dicht mit Leuten gefüllt. Unmittelbar am Eingang bekreuzigten sich fromm die bejahrten Frauen in weißen Kopftüchern und in weißen Kitteln. Die Edelfrauen in grünen und in gelben Jacken, manche sogar in blauen Oberkleidern mit goldenen Ranken hinten, standen weiter vorn. Die Mädchen, die auf dem Kopf ganze Läden von aufgerollten Bändern trugen und an deren Hals Läden von Ketten, Kreuzen und Dukaten hingen, suchten sich näher an die Heiligenbildwand zu drängen. Allen voran aber standen die Edelleute und die einfachen Bauern, den Schnauzbart und den Schopf frisch geglättet, den dicken Hals frisch gewaschen und das Kinn frisch rasiert, fast alle in Kapuzenmänteln, unter denen ihre weißen oder auch blauen Kittel hervorsahen. Auf allen Gesichtern, in welches man auch sah, stand geschrieben, daß Feiertag war. Der Bürgermeister leckte sich die Lippen im Gedanken daran, wie er nach der Fastenzeit die erste Wurst verspeisen würde. Die Mädchen freuten sich darauf, wie sie mit den Burschen auf dem Eise schlittern wollten. Die Alten flüsterten eifriger als sonst ihre Gebete. Es dröhnte durch die ganze Kirche, wenn der Kosak Swerbygus sich auf die Knie warf. Nur Oxana stand da, als wäre sie nicht recht bei sich. Sie betete und betete doch nicht. In ihrem Herzen drängten sich tausenderlei Gefühle, eins ärgerlicher als das andere, eins trauriger als das andere. Ihr Gesicht drückte heftige Betrübnis aus, und Tränen zitterten in ihren Augen. Die Mädchen konnten sich ihr Gebaren nicht erklären und ahnten nicht, daß der Schmied schuld daran war. Doch nicht allein Oxana war in Gedanken mit dem Schmied beschäftigt. Alle Dorfbewohner merkten, daß dieser Feiertag gar kein richtiger Feiertag war, daß irgend etwas fehlte. Zum Unglück hatte sich der Vorsänger bei seiner Reise im Sack die schönste Heiserkeit geholt, und seine Stimme krächzte bald, bald war sie kaum zu hören. Der fremde Sänger sang zwar den Baß vorzüglich, doch wieviel besser hätte es geklungen, wenn auch der Schmied dabeigewesen wäre, der stets, wenn sie das »Vater unser« sangen oder das »Jauchzt, ihr Cherubine«, auf die Empore stieg und von dort oben die Melodie so sang, wie man sie in Poltawa pflegte. Dazu kam, daß er allein das Amt des Kirchenältesten richtig versah. Schon war das Morgengebet vorbei, und nach dem Morgengebet ging auch der Gottesdienst vorüber... Wohin nur war der Schmied geraten?

Während der letzten Stunden der Nacht sauste der Teufel mit dem Schmied so schnell er konnte nach Dikanka zurück. Im Handumdrehen fand sich

Wakula vor seiner Hütte wieder. In diesem Augenblick krähte der Hahn. »Wohin?« rief der Schmied und packte den Teufel, der entfliehen wollte, beim Schwanz. »Warte, Freundchen, wir sind noch nicht fertig! Ich hab' mich noch nicht bedankt bei dir.« Er griff nach einer langen Gerte, zog ihm drei Hiebe über, und der arme Teufel schoß davon wie ein Bauer, dem der Assessor den Kopf gewaschen hat. So ward der Feind des Menschengeschlechts, statt daß er gute Christen verführte, narrte und betrog, selber zum Narren gehalten. Nach dieser Tat betrat Wakula den Flur, wühlte sich ins Heu und schlief bis zur Mittagszeit. Als er erwachte, sah er zu seinem Schrecken, daß die Sonne schon hoch am Himmel stand. »Ich habe das Morgengebet und den Gottesdienst verschlafen!« Der fromme Schmied versank in tiefe Niedergeschlagenheit, denn er meinte, Gott habe ihm den Schlaf zur Strafe für seine sündige Absicht gesandt, seine Seele zu verderben. Darum habe er ihn an diesem hohen Feiertag nicht in der Kirche dulden wollen. Doch bald beruhigte sich der Schmied bei dem Gedanken, daß er in der nächsten Woche dem Popen alles beichten werde und daß er vom heutigen Tag an das ganze Jahr hindurch täglich fünfzig Kniefälle tun wolle. Unter diesen Vorsätzen schaute er in die Stube. Kein Mensch war darin. Solocha war wohl noch nicht wieder daheim. Behutsam holte er die Schuhe aus dem Brustlatz und staunte aufs neue über die prächtige Arbeit und wunderte sich der seltsamen Erlebnisse in der vergangenen Nacht. Er wusch sich und kleidete sich recht schön, nämlich in den Überrock, den ihm die Kosaken in Petersburg gegeben hatten. Dann nahm er aus der Truhe eine neue Mütze aus Lammfell mit blauem Deckel, die er noch kein einziges Mal getragen, seitdem er sie während seines Aufenthaltes in Poltawa gekauft hatte, holte auch einen neuen, in allen Farben prangenden Gürtel hervor, knüpfte dies alles und eine Peitsche dazu in ein Tuch und machte sich ungesäumt auf den Weg zu Tschub.

Tschub riß die Augen weit auf, als der Schmied zu ihm in die Stube trat. Er wußte nicht, worüber er sich mehr wundern sollte: darüber, daß der Schmied auferstanden war, darüber, daß er es wagte, in sein Haus zu kommen, oder darüber daß er sich so fein und wie ein richtiger Kosak herausgeputzt hatte. Noch mehr wunderte er sich, als Wakula das Tuch aufknotete und die neue Mütze und den Gürtel vor ihm ausbreitete, wie sie noch keiner im Dorf gesehen, und als er sich ihm zu Füßen warf und mit flehender Stimme bat: »Gnade, Väterchen! Zürne mir nicht! Nimm hier die Peitsche! Schlag mich, soviel dein Herz begehrt. Ich halte still und schicke mich in alles. Schlag zu, nur zürne mir nicht mehr! Du hast doch einst mit meinem Vater selig Brüderschaft gemacht, hast mit ihm Brot und Salz gegessen und manches Glas mit ihm getrunken.«

Tschub sah nicht ohne geheimes Vergnügen, wie

der Schmied, der sich um keinen im Dorf scherte, der einen Kupferfünfer und ein Hufeisen mit der Hand bog wie eine Buchweizenplinse, wie dieser selbe Schmied zu seinen Füßen lag. Damit er sich ja nichts vergab, nahm Tschub die Peitsche und zog sie dem Schmied dreimal über den Rücken.

»Nun, es sei von dir genommen. Steh auf! Hör immer auf die alten Leute. Vergessen wir, was zwischen uns war! Aber nun sprich, was ist dein Begehr?«

»Väterchen, gib mir Oxana zur Frau!«

Tschub dachte ein bißchen nach und sah die Mütze an und dann den Gürtel. Die Mütze war wunderbar, und der Gürtel gab ihr nichts nach. Der Treubruch Solochas fiel ihm ein, und er sagte entschieden: »Gut! Schick die Brautwerber her!«

»Ei!« rief Oxana, die in diesem Augenblick über die Schwelle trat und den Schmied erblickte, und

sie starrte ihm verwundert und erfreut ins Gesicht.

»Sieh, was ich dir für Schuhchen bringe!« sagte Wakula. »Dieselben, die die Zarin trägt!« – »Nein, nein, ich brauche die Schuhe nicht!« sprach sie, wehrte mit der Hand und wendete kein Auge von ihm. »Ich habe dich auch ohne die Schuhe...« Weiter sprach sie nicht und wurde purpurrot.

Der Schmied trat auf sie zu und nahm sie bei der Hand. Die Schöne senkte den Blick. Noch nie war sie so wunderschön gewesen. Der entzückte Schmied küßte sie sanft, und ihr Antlitz flammte noch röter, und immer schöner wurde sie.

Einst fuhr der Bischof selig durch Dikanka, er meinte lobend, das Dorf sei hübsch gelegen, und ließ schließlich vor einer Hütte halten, die neu erbaut worden war. »Wem gehört die schön bemalte Hütte?« fragte der Hochwürdige eine hübsche Frau, die mit einem Kind auf dem Arm in der Türe stand.

»Dem Schmied Wakula!« sagte Oxana, denn es war keine andere als sie, und sie verneigte sich.

»Fabelhaft! Eine fabelhafte Arbeit!« sagte Hochwürden und betrachtete die Tür und die Fenster. Die Fenster waren alle von roten Streifen gerahmt. An der Tür aber sah man Kosaken, hoch zu Roß und die Pfeife im Mund.

Noch mehr lobte Hochwürden Wakula, als er erfuhr, daß er sich als Kirchenbuße auferlegt hatte, ohne Lohn die ganze linke Empore mit grüner

Farbe zu streichen und mit roten Blumen zu zieren. Und das war noch nicht alles: Auf der Wand linker Hand, wenn man in die Kirche tritt, hatte Wakula den Teufel in der Hölle gemalt, und der Teufel ist so abscheulich, daß ein jeder ausspuckt, wenn er an ihm vorübergeht. Und wenn ein Kind auf dem Arm der Mutter weint, dann bringt sie es zu dem Bild und sagt: »Da sieh mal, wer da gemalt ist!« Dann hört das Kind sofort zu weinen auf, schielt nach dem Bild und schmiegt sich fester an die Brust der Mutter.